Arthur Schurig
Der vollkommene Spießbürger

Arthur Schurig
Der vollkommene Spießbürger

1.Aufl.
Taschenbuch – Literatur - Klassiker
Herausgeber Frank Weber, Marburg
Bibliografische Information der Deutschen Nationalbibliothek:
Die Deutsche Nationalbibliothek verzeichnet diese Publikation in der Deutschen
Nationalbibliografie; detaillierte bibliografische Daten sind im Internet abrufbar über
http://dnb.dnb.de
© 2022 A. Schurig
ISBN: 9783756208203
Herstellung und Verlag: BoD – Books on Demand, Norderstedt

Der vollkommene Spießbürger
Diagnosen / Rezepte / Geschichten

gesammelt von
Arthur Schurig

J. L. Schrag Verlag, Nürnberg
Erstes bis viertes Tausend

Dem lieben Freunde
Gottlieb Buttervogel
zugeeignet

Inhalt

Vorwort

Eines Tages, als ich über einen Zünftigen wetterte, der - gottlob vergebens - in glänzender Borniertheit in mein Gehege einzubrechen versucht hatte, tadelte mich der kluge Freund, dem dies neue kleine Buch aus Dankbarkeit gewidmet ist, indem er meinte: Schlecht steht es dir an, dir, der du längst aufgenommen bist in die Heilige Gemeinde der Resignierten, über einen Belanglosen empört zu sein. Wer von uns auch nur im Vorübergehen mit einem Philister zu tun hat, der muß in solchem Moment in der Sprache der Spießer reden, ihre Gesten nachahmen, sich herzhaft ihrer Taktik bedienen. Damit ist und bleibt man unfehlbar der Überlegene. Spiele unter Spießern den Spießer!

Damals wehrte ich mich gegen dies Rezept; aber heute, nach mancherlei neuerlichen Erfahrungen und Studien, erkenne ich die Kriegskunst des Freundes als richtig an. Es gibt kein ander Mittel gegen unausrottbare Widersacher; und da jedermann lebenslang Krieg führt mit der namenlosen Macht, die wir das Spießertum nennen, so muß man sich beizeiten wappnen. Hier ist das Exerzier-Reglement des Feindes!

Verleger und Autor schmücken das kleine Buch mit einer Nachbildung des köstlichen Eselreiters von Georg Wrba. Er steht am Ratshause zu Dresden. Die linke große Zehe des Dionysos ist blank geworden; kein Dresdner Kind geht nämlich vorüber, ohne den Bronzefuß zu berühren.

Geschrieben in Klobenstein auf dem Ritten am 18. Oktober 1928

Aus dem verschollenen kleinen Buche

Der Philister von Clemens Brentano

1811

Clemens Brentano

1778 – 1842

Bruder der Bettina von Arnim,

bekannt durch seine Liedersammlung:

Des Knaben Wunderhorn.

Um sagen zu können, was der Philister, ehe er in der Geschichte aufgetreten, in der Idee war, muß ich ihn erst als das betrachten, was er jetzt als die allegorische Figur seines Wesens ist, und ich sage daher: Ein Philister ist ein steifstelliger, steifleinerner oder auch lederner, scheinlebiger Kerl, der nicht weiß, daß er gestorben, und sich ganz unnötigerweise noch auf Erden aufhält. Ein Philister ist ein, mit allerlei lächerlichen äußerlichen Lebenszeichen behängter, umwandelnder Leichenbitterstock seines eigenen inneren ewigen Todes. Ein Philister ist ein Kerl, dem alle Spiegel und so auch die Schöpfung, Gottes Spiegel, blind sind von Ewigkeit. Ein Philister ist der geborene Feind aller Idee, aller Begeisterung, alles Genies und aller freien göttlichen Schöpfung. Er ist die Karikatur des Teufels in ewiger Nüchternheit.

Gott ist die ewige Einheit außerhalb von Natur und Kreatur, in sich selber; und in seinem Aussichwallen ist das Wollen. Die ewige Einheit wohnt im unergründlichen Nichts, und das Ich des Nichts ist Gott; und indem sich die Einheit auftut, ist sie das lautere Wollen, das nur sich selber wollen kann. Dies Bewegen, das Wallen des Wollens und die Empfindung seiner selbst in der Lust des Wollens, ist der Geist des göttlichen Lebens, der Ausgang der wollenden Liebe, das ewige Ja, die ewige Einheit, die sich aber im Willen wollend zurückzog, um sich zu empfinden, und dieses ist das ewige Nein oder die ewige Eigenheit. Ja und Nein sind eins, haben aber zwei Zentra. Als die Eigenheit nur sich wollte und nach der Einheit nicht mehr fragte, entstand der erste Philister, Luzifer, der Leuchter, der als Bild, gebildet, eingebildet und ausgebildet, als geneintes Nein, sich über das Ja erheben wollte und zur Hölle niedergestürzt ward.

Und ist dieser Sturz des Leuchters samt der Kerze die Trennung des Schweren vom Leichten, die Gründung der Erde, die Finsternis, die Materie, das ewige Nein, der Feind der Idee als ewiger Einheit, das bloß sich selber bedeuten Wollende, der Satan, und in seinen weiteren Ausgeburten die Sünde, der Philister.

So hätte ich denn nach vorherigen seltsam klingenden Worten den Philister bei den Ohren. Nun aber, verehrte Tischgenossen, erlaube ich Ihnen, von Herzen zu lachen. Sie werden vielleicht mit einiger Ehrfurcht gemerkt haben, daß mir der erleuchtete Jakob Böhme gütig unter die Arme gegriffen hat. Aber, was ich gesprochen, das glaube ich, und das Lächerliche ist nur, daß das Wort an allen Ecken und Enden zu kurz ist; das Bewundernswerte aber ist die heilige Begierde der Erkenntnis. Der Philister philosophiert umgekehrt, er als das geborene Nein.

Ich komme zu dem vom Himmel gestürzten Philister zurück, mit dem Wunsche, er möchte sich alle Rippen im Leibe gebrochen haben. Aber siehe da! Er befindet sich vortrefflich, oder vielmehr, seine Ärzte, die Moral-Theologen, wenn sie nicht logen, sagen, es bessere sich täglich mit ihm. Jener Sturz des Philisters Luzifer war die Entstehung der Materie, war die Erbsünde der neugeborenen Erde; denn das ist die Sünde, daß sie eine ewige Zurückziehung aus dem Ja ist, ein immer sich verstärkendes Nein im Nein. Der Sündenfall ist unendlich wiederkehrend, denn Luzifer fiel aus der Idee ins Bild, aus dem Bild in die Materie. Da aber nichts aus dem ewigen Gott herausfällt, so empfand Gott Mitleid mit der Erde und berührte sie mit dem Hauche Ja, und er machte sie erblühen in Adam, einem Geschöpfe, in dem er von neuem in niederer Ordnung sein Ebenbild frei ausstellte. Und als Adam sich sehnte, war er wieder das bloß ausfließende Ja, und Gott stellte ihm das Nein abermals gegenüber in der Eva. Er warnte sie vor dem Fall durch den verbotenen Baum, aber das Weib ließ sich durch die Schlange, durch das Nein, verführen, sich abermals über Gott erheben zu wollen, und wir sehen einen neuen Fall aus der Unschuld in die Schuld, aus der Einheit des Lebens in die Eigenheit des Todes.

Schilderung eines Musterphilisters

Wenn der Philister morgens aus seinem traumlosen Schlafe, wie ein ertrunkener Leichnam aus dem Wasser, auftaucht, so probiert er sachte mit seinen Gliedmaßen herum, ob sie auch noch alle zugegen. Hierauf bleibt er ruhig liegen.

Wenn er schließlich aufgestanden, kaut er einige Wacholderbeeren, während er an das gelbe Fieber denkt. Er hält seinen Kindern eine Abhandlung vom Gebet, und wenn er sie in die Schule geschickt hat, sagt er zu seiner Frau: Man muß den äußeren Schein wahren. Das erhält einem den Kredit. Sie werden früh genug den Aberglauben einsehen. Sodann raucht er seine Pfeife; denn Tabak ist des Philisters höchste Leidenschaft, wenn er sie nicht übertrieben haßt. Im allgemeinen ist der Rauchtabak dem Philister unsagbar lieb und wert; er sagt, beim Zuge der Rauchwolken stelle er Betrachtungen über die Vergänglichkeit aller Dinge an; also hängt die Pfeife mit seiner Philosophie zusammen.

Zweifelsohne zieht der Philister nun alle Uhren im Hause auf. Beim Kaffee spricht er von Politik. Kränkend wäre es ihm, wenn seine Eheliebste ihm nicht ein Dutzendmal sagte: Trinke doch! Er ist so schöne warm. Trinke, ehe er kalt wird! – Wenn er ihm aber nicht warm gebracht worden wäre, wehe dann der armen Hausfrau! Seine Kaffeekanne ist von Bunzlauer Steingut; und ist er ein langsamer Trinker, so hat sie ein schöngesticktes Kaffeemäntelchen um.

Sodann geht der Philister zu seinen Geschäften. Doch ich will ihn seinen weiteren Tageslauf ad libitum führen lassen.

Bei den unbedeutendsten Gesprächen macht der Philister Gesichter von größter Bedeutung, die aussehen wie Sintemalen, Alldieweilen, Quemadmodum und Quamobrem. Wenn er schlau ist, macht er ein paar Äugelchen wie Sicsic und Etiamsi. Nichtsdestoweniger schaut er nie aus wie Nichtsdestomehr, sondern immer wie Nihilominus.

Hat ein begeisterter Mensch das Unglück, mit dem Philister ins Gespräch zu geraten, so horcht der ihn ruhig aus und meint zuweilen: Ei, ei, was Sie nicht sagen! Und zuletzt sagt er: Es wird wohl so arg nicht gewesen sein.

Er sammelt Zeitungen und Komödienzettel, weiß immer, wer predigt, geht aber nur des öffentlichen Ansehens halber in die Kirche, wo er schläft, woran er recht tut, denn der Prediger ist auch ein Philister. Übrigens ist er einer der Knopfmacher (Cicisbeo) seiner Eheliebsten.

Der Philister hatte nichts dagegen, wie sich eine Weile nach der Hochzeit einige Knopfmacher in seinem Hause einsiedelten, weil sie mit ihm Tabak rauchen und ein Partiechen mit ihm machen, wovon alle Philister große Freunde sind. Wenn diese Gesellschaft beisammen sitzt, wozu noch ein Leutnant der Landmiliz und ein Kandidat der Philosophie gehört, alle drei Knopfmacher, so kommen die schönsten Philistereien aufs Tapet. Sie sind alle vier einer Meinung; gleichwohl schreien sie gewaltig. Ich will ihre Eigenschaften und Meinungen lieber zusammenfassen, denn sie haben alle dieselben.

Wenn sie vom Genuß einer schönen Gegend sprechen, sagen sie gern, sie hätten ihren Horaz mitgebracht, aber aus der Tasche gezogen haben sie ihn nicht. Sie erzählen gern ihre Jugendstreiche, die in der Art sind wie die des Friedensrichters Schaal in Shakespeares: Heinrich der Vierte. Nie sind sie berauscht gewesen, ohne zu trinken, dann aber immer stockbesoffen. Sie können kein ursprüngliches Dichterwerk begreifen; sie verspotten und parodieren es, und schreiben dann doch wässerige Nachahmungen. Sie haben dem Werther die empfindsamen Romane, dem Götz die Ritterstücke, dem Ardinghello die Künstler-romane, der Lucinde die transzendentalen Lubrica, dem Novalis honigseimleimschleimschlingende Sonette und Kanzonen nachfolgen lassen, und Schillers Trauerspielen die kaltjambischen sentenziösen Schicksalsdramen.

Sie nennen Natur, was in ihren Gesichtsraum fällt; alles andre ist widernatürliche Schwärmerei. Sie begreifen kein Symbol und halten viel auf Brotstudien. Eine schöne Gegend ist ihnen die, durch die eine bequeme Chaussee führt. Voltaire ist ihnen lieber als Shakespeare.
Sie glauben, mit der Welt sei es aus, weil es mit ihnen nie angegangen ist. Sie belächeln alles von oben herab, halten Scherz für Dummheit, bedauern, daß wir keine römischen Klassiker sind, und gratulieren einander, in einer Zeit geboren zu sein, in der so treffliche Leute wie sie leben. Sie behaupten, man müsse die Festungen übergeben, um die Städte zu schonen, und sie lassen gern uralte Eichen umhauen, um

irgendeinen Pflaumenbaum zu pflanzen. Sie glauben, die Deutschen seien kein herrlich Volk; sie müßten von Ausländern gebildet werden; doch schwatzen sie immer vom Deutschtum. Sie würden aber gar nichts gegen die Franzosen haben, wenn ihnen nur die Einquartierung nicht so viel kostete. Die Engländer nennen sie Englishmen, und sie lieben sie wegen der Pfund Sterling. Sie bilden sich ein, ein Heer könne etwas wert sein ohne Begeisterung, und sie verstehen nicht, wie ein solider Monarch den tollen Dante zu verdeutschen vermochte. Sie rezensieren Dinge, die sie nicht begreifen, und treiben ihren Spott mit den Notformeln der Philosophie. Enthusiasten schelten sie Verrückte, Märtyrer Narren, und sie können nicht begreifen, warum der Herr für unsere Sünden gestorben ist und nicht lieber zu Apolda eine kleine Schnapsfabrik angelegt hat. Nie trifft Regen sie ohne Regenschirm.

Mit dem Zustande des Theaters in Deutschland sind sie vollkommen zufrieden. Das sind dieselben Leute, die nicht verstehen, daß unsere Vorfahren so töricht waren, ungeheure Kirchen zu bauen. Nie aber hat ein Philister geschaudert, wenn man ungeheure Schauspielhäuser errichtete, um dann bei unzähligen Kerzen dargestellt zu sehen, was der eben fließende gemeine Strom der Literatur an gemeinstem Flößholz heranschwemmt. Ich glaube, daß kaum irgendwo die Philistern der modernen Zeit mehr zutage getreten ist als im Theater. Ich weiß nicht, wie ich es nennen soll, Dummheit oder Wahnwitz, daß es so weit hat kommen können, daß diese eine und einzige Kunstaus-übung, in der der Mensch mit seinem ganzen Dasein Künstler ist, daß diese Kunst, die das Leben selber dem Leben hinstellen soll, so unbegreiflich elend getrieben wird. Hieraus sieht man allerdings auch, wie nah die Schauspielkunst dem Herzen der ganzen Welt steht, so nah, daß sie, sogar elendst betrieben, noch mit allen Händen begrüßt wird. Wer hat dies Elend verschuldet? Der Philister, sage ich, der Schlendrian, der Wahn, daß er meint, was ihm gerade genügt, sei genug und damit Holla! ´

Liebte der Philister das Schauspiel nicht, so wäre es anders; so wäre der gute Geist über ihm. So aber, wie es jetzt mit dem Theater steht, ist es die einzige Kunst, die nie von neuem erstanden ist; sie trägt alle Krankheit, alle Schande, alle Armut der Geschichte an sich und ist dem besseren Zuschauer nur das deutlichste Wahrzeichen des allgemeinen Weltzustandes.

Wie ein Nilmesser steht sie da; wir können sehen, wie hoch das Wasser jeder Zeit gestanden. Der Schlamm aber, der auf unsern Feldern zurückbleibt, düngt sie nicht; er verpestet uns.

Der Philister hat nur Sinn für platte, tändelnde oder bocksteife Musik. Den Beethoven hält er für verrückt. Schlechte Gemälde hält er für hübsch, und ein Tempelchen im griechischen Gartenstile ist sein Bau-Ideal. Er verachtet die alten Volksfeste und Sagen und was an einsamer Stelle, vor moderner Frechheit gesichert, altersgrau geworden ist. Er unterhält sich besonders gern von Vaterland und Patriotismus; wenn man ihn aber genauer fragt, warum er sein Vaterland liebt, so fängt er an, sich selber darüber zu wundern, denn in Wahrheit geht er immer damit um, alles zu vernichten, was sein Vaterland zu einem individuellen Lande macht. Wo sie können, vernichten die Philister alte Sitten und Herkömmlichkeiten; sie brechen die Wappen und Schilder von ehedem. Alles, was kein Geschick, was sogar der Tod nicht raubt, die imaginären Fußtapfen, die die alten Geschlechter ihren Nachkommen vererben, den Bann der Liebe und Treue zu dem Flecken Landes, den sie bewohnen, auch das wetzen sie aus, damit bald kein Philister mehr wisse, wo er zu Hause ist. Ihre Absicht dabei ist, das Eigenartige als den Ackerboden der genialen Menschen zu zerstören, um auch sie unter den Hut des Teufels zu bringen. Alle Welt soll einerlei Rock tragen. Ich aber preise den selig, der den seinen zeichnet, sei es mit einem Kreuz über dem Herzen oder sonstwie, damit ihm die Andern darnach einen Namen geben, den er selber ehrt und seinen Kindern und Enkeln hinterläßt. Selbst diesen Namen wollen ihm die Philister kaum lassen. Arm wollen sie uns des Volkes Mund machen. Ihr höchster Plan, ein Land zu beglücken, ist der, es in ein sauber gewürfeltes Damenbrett zu verwandeln; es ist dann leichter ins Kleine zu reduzieren. Alles möchten sie in gleicher Weise anstreichen, übertünchen, numerieren, paginieren. Alles Vorurteil muß weg, das heißt alles, was die Ur- und Vorwelt geteilt oder verbunden hat. Diese Narren radieren sogar an Gottes Namen die ihnen überflüssigen Buchstaben aus.

Nur zu, meine Herren Philister! Der Teufel wird schon durchschlagen.

Was ist ein Spießer? Woran erkennt man den Spießer?
Wie gewinnt man sich den Spießer?

Was heißt es, jemanden einen Spießer, Spießbürger oder Philister nennen?

Der Spießer ist im Gegensatze zum ritterlichen, begeisterungsfähigen, vorwärts führenden, freudigen, verantwortungslustigen Manne ein engherziger, feiger, griesgrämlicher, rechthaberischer, einseitiger Neider und Nörgler, der alles Hohe haßt und immer zum Rückzuge der Geister bläst. Ohne Stammtisch, Tageszeitung und Regenschirm ist er undenkbar. Die öffentliche Meinung ist sein Evangelium.

Wem es am Gefühl und Verständnis für Größe, Wagemut, Adel, Menschenwürde, Wahlverwandtschaft, Drang ins Unerforschte, Glauben an ein Schicksal fehlt, der ist unwiderruflich ein Spießer.

Der Ausdruck Philister, entstanden in Halle (an der Saale) um 1650, bezeichnet ursprünglich nichts weiter als den, der nicht Student oder nicht mehr Student ist.

Goethe sagt einmal:

> *Wer außer mir entband Euch aller Schranken Philisterhaft*
> *einklemmender Gedanken?*

Bettina Brentano schreibt in einem ihrer Briefe von den Krallen des Philistertums. Den gleichen Ausdruck wendet Mutter Goethe einmal ein.

Heinrich Heine warnt:

> *Die Philister, die Beschränkten,*
> *Diese geistig Eingeengten,*
> *Darf man nie und nimmer necken.*

Und Graf Platen meint, Deutschland sei die Heimat der Philisternatur mit dumpfiger Stubengelehrtheit.

Diese verächtlich gedachte Erweiterung und Veränderung des Begriffes herrscht erst seit etwa hundertfünfzig Jahren vor.

Nach Grimms großem Wörterbuche hat sich das Wort aus dem lateinischen Ballistarius (frei übersetzt, höhnisch: Scheibenschütze) gebildet. Ein sehr wenig wahrscheinlicher Zusammenhang.

Die Bezeichnung Spießer ist beträchtlich älter; ursprünglich keineswegs verächtlich. Bekanntlich gab es in den Heeren des Mittelalters Ritter und Spießer. Die mit langen Spießen ausgerüsteten Massen – das Fußvolk, die Infanterie – wirkte durch feste Geschlossenheit und kräftigen Nachdruck. Die Ritter fochten aus dem Sattel. Ihren Reihen entstammen die Führer des Ganzen. Kriegsgeschichtlich wie bildlich: nie ist ein Spießer Führer.

Das Weltbild vor seinem inneren Auge immer weiter, immer höher, immer glänzender werden zu lassen, daran liegt keinem Philister. Ihm schaudert vor täglich neuen Kenntnissen und Erkenntnissen. In der Enge seiner kleinen Welt mit kurzbeinigen Wünschen und Lüsten fühlt er sich am wohlsten. Zwei Leben zu sollen, eines neben dem andern, eines über dem andern, das ist ihm undenkbar, unmöglich. Er wird mit dem einen, zu dem keine große Leidenschaft gehört, nicht fertig.

Kein Spießer wandert aus Passion empor zum Montsalvasch, und keiner steigt neugierig hinab ins Inferno.

Der Philister bleibt in der Horizontale; er haßt alles Höhere und verabscheut alles Tiefere.

Damit soll nicht gesagt sein, daß alle Spießbürger in derselben Schicht leben; aber jede Schicht sondert sich. Gottlob, denn was würde aus der Welt, wenn sich alle Philister zu einer Phalanx scharten? Die verstreuten kleinen Gruppen sind schon Hemmungen genug für den sowieso langsamen Vormarsch der Kultur.

Mit der Masse, dem Demos, dem Normalmenschen, hat der Spießer wenig zu tun. Er haßt die Majorität in demselben Maße wie der Individualist, sein Antipode, sie verachtet.

Wer sind die Antipoden des Spießers?

Die Einzelgänger, die Enthusiasten, die Frondeure von Geburt, die Rebellen aus Temperament, die Ketzer aller Art, die Vorläufer, die göttlichen Narren.

Das Hauptmerkmal des Spießbürgers, im einzelnen wie in der Gemeinde, ist seine borrnierte Unfähigkeit, die großen Ideen der Führernaturen zu erfassen, anzuerkennen, zu fördern.

Diese oft heimtückische Unfähigkeit ist verbunden mit sklavischer Demut vor der öffentlichen Meinung, dem Diktat der sogenannten Autoritäten und der Dressur durch die Mode.

Nicht zu verwechseln mit dem sturen Spießer, dem Verzögerer jedes Fortschritts, dem Vereitler jeder enthusiastischen Tat eines Anderen, ist der Normalmensch, der seinen gesunden Verstand für sich und seinesgleichen zu handhaben versteht, ohne zu verkennen, daß er selber zum Führer nicht geboren ward. Die Kühnheit der Herrenmenschen macht ihm Freude, und er spendet vom Seinen, um ihrem Unternehmen Erfolg zu sichern.

Die britische Idee, die bei Gefahr der Nation über alle andern geistigen Ströme sofort siegt, ist der unausrottbare Glaube des einzelnen an die heilige Aufgabe der Gesamtheit: Britannia müsse die Königin der Menschheit sein und bleiben, und nur Eines erhalte und stärke das Eroberte: immer mehr erobern. ...

The conquerant Englishman!

Seine höllische Furcht vor den Anderen gesteht sich der Spießer nie und nimmer ein. Ihn zu überzeugen, daß er Sklave der öffentlichen Meinung, unfrei sogar vor sich selber und schwachköpfig ist, gelingt niemandem, und wäre er Sokrates, Voltaire und Schopenhauer in einer Person.

In seiner kleinen Geschichte des Spießers (erschienen in Paris gegen das Jahr 1840), die leider wenig zur Klärung der uns interessanten Fragen beiträgt, behauptet Henri Monnier, es gäbe keine Spießbürger unter fünfzig Jahren. Nur noch spärliches Haupthaar, ein stattlicher Bauch, behäbige Manieren, ein Ordensbändchen, ein Vereinsabzeichen, eine große Hornbrille, Vorliebe für den Bratenrock und derlei seien des Spießers Insignien. Das stimmt nicht. Es gibt schon in der Obertertia unverkennbare Spießer. Man findet sie in allen Lebensaltern, in allen Berufen, in allen Klassen der Gesellschaft.

Eines sei zugegeben. Um als ewiger Widersacher der Leichtlebigen unangenehm aufzufallen, muß der Spießer einige Macht innehaben. Gewisse unsrer Schulkameraden hatten dies nötige Übergewicht, wenn man in den Unterrichtspausen ihre Arbeiten abschrieb, weil wir selber zu Hause nichts gemacht hatten. Aus Not mußte man sich der Tyrannei dieser Spießer unterwerfen. Im späteren Laufe des Lebens besitzen diese gewisse Macht: die Verkehrsschutzleute, die Postschalterbeamten, die Galerie-Aufseher, die Paßamts-Löwen, die Wohnungsamts-Stadtrechtsräte, gewisse unfehlbare Schulmeister deiner Söhne, die Finanzamts-Spitzel, die Hauswirte, die Amtsrichter und die Nachtwächter. In jedem Berufe kommen hierzu noch etliche Spezialisten mit besonderen Befugnissen, die den Homme supérieur in seiner wahrhaftigen Freiheit heimtückisch beschränken. Der Spießer muß etwas zu sagen haben, und sei es noch so wenig, sei es auch nur scheinbar.

Die gräßlichsten Spießer findest du unter deiner lieben Verwandtschaft. Glückselig der Mann, der nur Wahlverwandte hat.

Ruhe vor deiner Sippe hast du nur, wenn du im Geruche stehst, arm, ohne Einfluß, unbegabt und etwas blöd zu sein. Dann tritt an die Stelle von Neid, Mißgunst und Scheelsucht eine Art ehrliches Mitleid. Man verteidigt dich sogar vor der bösen Welt. Wehe dir aber, wenn du Komödie gespielt hast und du gar kein dummes Luder bist!

Heinrich Heine: Was die Deutschen betrifft, so bedürfen sie weder der Freiheit noch der Gleichheit. Sie sind ein spekulatives Volk, Ideologen, Vor- und Nachdenker, Träumer, die nur in der Vergangenheit und in der Zukunft leben und keine Gegenwart haben. Engländer und Franzosen haben eine Gegenwart; bei ihnen hat jeder Tag seinen Kampf und Gegenkampf und seine Geschichte. Der Deutsche hat nichts, wofür er kämpfen sollte, und da er zu mutmaßen begann, daß es doch Dinge geben könne, deren Besitz wünschenswert wäre, so haben wohlweise seine Philosophen ihn gelehrt, an der Existenz solcher Dinge zu zweifeln. Es läßt sich nicht leugnen, daß auch die Deutschen die Freiheit lieben, aber anders als die andern Völker. Der Engländer liebt die Freiheit wie sein rechtmäßiges Weib. Der Franzose liebt die Freiheit wie seine Braut. Der Deutsche liebt die Freiheit wie seine alte Großmutter.

In den sogenannten Ehrenämtern unter den Schöppen und Geschworenen, Friedensrichtern und bestellten Vormündern, Armenpflegern und ähnlichen angeblich Unbesoldeten wimmelt es von Spießern. Ehrenämter sind Anachronismen, denn alle diese Leute wissen sich zu entschädigen. Wir sind dem Amerikanismus längst ausgeliefert. Werden wir vor allem hierin Yankees! Bezahlen wir diese Ämter und verjagen wir die Heuchler!

Es muß immer und überall Retardimenta geben; sonst geht es in der Welt allzu mobil her. Mann von höherer Einsicht, wenn du einem Spießer begegnest, so ziehe deinen Hut und sage dir: Lieber Gott, wenn es diese Hemmschuhe nicht gäbe, so wären wir schon im Jahre 3000. Und wer weiß, wie mir es da erginge!

Es liegt im deutschen Wesen, daß sich der einzelne sein Weltbild selber malt. Die Eigenbrötelei ist dem Deutschen Glück und Unglück, Heil und Unheil, Stolz und Lächerlichkeit. Gleichwohl sind drei Viertel dieses einst eigenwilligen Volks der Massensuggestion verfallen, die es mit hundert Armen in den Sumpf der Gleichmacherei zerrt.

Goethe meint: Verglichen mit den französischen Rittern erscheinen mir die deutschen wie Götz v. Berlichingen, Georg v. Frundsberg und andere immer als Bürger und Philister.

Pirsche dich, wenn du vorwärts kommen mußt, an den Stammtisch dessen heran, der über dein Wohl und Wehe zu entscheiden hat. Ist er Vereinsbruder, so werde es schleunigst auch! Und die Partei, zu der er gehört, wird dich nicht verachten, wenn du deinen Beitritt erklärst.

Ob man Untergebener, Kollege, Kompagnon eines Spießers ist, unter tausend Umständen muß man sich eines Philisters Gunst und Gnade erwerben, um rascher alle Etappen zu seinem eigenen Ziele zu erreichen. Selbst Bonaparte hat zu gewisser Stunde kaltlächelnd den oder jenen gerade mächtigen Spießer umbuhlt.

Mir fällt eine Soldatengeschichte ein. Ein heiterer Weltmann erzählte sie uns am Biwaksfeuer:

Ich rühre ungern die verfluchten Karten an; der Teufel hat sie zum Verderben von uns Landsknechten erfunden. Gleichwohl habe ich als junger Dachs alle möglichen Spiele erlernt. Ein lebenskundiger Onkel von mir - er hat es ausgerechnet zum General-Inspekteur der Kriegs-schulen gebracht – hatte mir immer gepredigt: Nur durch die Schwächen der Höheren kriecht oder fliegt man empor zur militäri-schen Höhe. Ich rate dir, teurer Neffe, wenn du Erfolg in unsrer Welt haben willst und kein Esel bist, so lerne Whist, Schafskopf, Skat, Ecarté, Poker, Schach, und wenn es sein muß, sogar das plebejische Kegeln. Durch gesellige Talente kommst du an die Exzellenzen und großen Damen heran. Selber brauchst du dies Vergnügen ja nicht ernst zu nehmen.

Kurzum, ich war als Leutnant zu jedem Jeu zu haben. Man pries im Regiment, im Divisionsstabe, im Oberkommando, wo ich auch war, meine geniale Universalität.

In der Tat, den Karten verdanke ich meinen ersten Erfolg, und das geschah folgendermaßen.

Vor zwölf Jahren war mein Batteriechef der dicke K***, gewaltiger Skatbruder, kein dummer Kerl, aber im Grunde ein Erz-Spießbürger; und das kam auch beim Spiel zum Vorschein. Er schwor auf gewisse Regeln und verlangte von jedem Partner, daß auch er auf Regeln eingeschworen war, so daß sich sozusagen System gegen System maß. Ich scherte mich nicht um die Regeln, kannte keine und die meines zu verehrenden Capitano am allerwenigsten. Vielleicht gerade dadurch hatte ich das unerwartete Glück, oft hohe Spiele zu gewinnen. Mein Chef, ein reicher Mann, dem das nichts ausmachte, zahlte ingrimmig.

In der Garnison spielte er nicht mit mir; nur mit ihm Ebenbürtigen. Aber in den Herbstübungen mußte ich jeden Abend daran glauben. Ich erinnere mich, eines Frühmorgens, nachdem ich am Abend unverschämtes Glück gehabt, schenkelte ich an der Queue der Batterie kreuzvergnügt mein Füchslein, auf dem Anmarsch zum Sammelplatze der Truppen. Gerade hatte ich mir vorgenommen, am Abend dem spielsüchtigen Capitano einfach auszurücken, um mich anderswo zu vergnügen, da kam von vorn der echo-artig durchgegebene Befehl: ich solle zum Capitano vorkommen.

Eine halbe Stunde lang, glatt bis zum Sammelplatze der Legionen, sprach der erhabene Chef mit mir alle Spiele vom vergangenen Abend, die ich seiner unfehlbaren Meinung nach jämmerlich gespielt und zum Aufschrei der logischen Menschheit gegen jedwede Regel gewonnen hatte, pedantisch, Stich um Stich, durch. Und zum Schlusse klagte er: Ich habe absolut nichts gegen Sie, wie Sie wissen. Wenn Sie Ihre lustigen Geschichten erzählen, liebe ich Sie sogar. Aber, nehmen Sie mir es nicht übel: Skat können Sie nicht! Unsere Herbstübungen dauern bis zum 17. September; heute haben wir den 7. Ich sage Ihnen: am siebenten Abend rührt mich bei Ihrer unerhörten Regellosigkeit der Schlag.

Was sollte ich erwidern? Ich machte meine untertänigste Miene und meinte schüchtern: Vielleicht findet sich ein andrer Partner. ...

Er unterbrach mich: Bilden Sie sich ja nicht ein, ich spielte mit Ihnen auch noch ein einzig Mal! Niemals. Eher mit dem Nachtwächter unsres Quartiers. Das schwöre ich Ihnen bei allen Propheten der heiligen Schrift samt den Apokryphen.

Insgeheim war ich glückselig; aber, ach, am Abend nach dem lukullischen Dorfdiner ereignete sich der schändlichste Eidbruch: ich ward wiederum zum Skat befehligt.

Frühmorgens am andern Tage auf dem Anmärsche abermals große Skat-Kritik und abends zweiter schändlicher Eidbruch.

Am dritten Abend greift der Gott der Schlachten ein. Zweimal schon hatte ich ein tolles Spiel gewonnen; der Kapitän gibt die Karten zum dritten Spiele, fuchsrot in seinem Gesicht. Da bringt die Ordonnanz den Tagesbefehl. Der Gefreite liest vor: Punkt 3: die Batterien haben umgehend unter Namensnennung telephonisch zu melden, ob sie einen unbedingt geeigneten Leutnant (keinen Reserve-pp.) stellen können. Muß Englisch parlieren. Ober-Kommando braucht Ordonnanzoffizier für Militär-Attaché.

Der Capitano, immer noch fuchsteufelswild, sagt kein Wort, stürmt ans Telephon und zeigt laut-vernehmlich zu Punkt 3 heutigen Tagesbefehls meinen Namen an.

Irgendein höherer Adjutant spricht hierauf. Ich höre meinen temperamentvollen Chef antworten: Aber natürlich! Spricht alle Sprachen, beim Skat sogar Hindostanisch ... Jawohl, garantiere ... Gut! Ich schicke ihn noch nachts ab.

Wie er die Karten weiter austeilt, fragt er mich: Verehrtester, wie stehts? Sie sind doch Englishman?

Offen gestanden, Herr Hauptmann – wage ich wahrheitsgemäß zu bekennen –, wie ich vorigen Herbst flüchtig in London war, hat mein Englisch knapp gelangt, einer holden Maid beizubringen, daß ich sie liebte.

Ganz Wurscht – ruft der Capitano –, ich habe Sie vorgeschlagen; Sie reiten Punkt zwölf heut nacht ab; und wenn der englische Colonel findet, er verstünde Sie nicht, so reden Sie mit ihm Hindostanisch. Ich erwarte von Ihrer Intelligenz lediglich das eine: daß die übrige Welt an Ihr Englisch glaubt.

Punkt zwölf setze ich mein Füchslein in Trab; um zwei Uhr finde ich den Colonel, einen Gentleman ohne Furcht und Tadel, beim Ecarté. Ich setze mich gleich hinzu. Das Übrige macht sich von selber. Wir verstehen uns herrlich. Ohne Englisch! Und acht Tage später sitzt das Victoria-Kreuz mir am Feldrock. Nur drei dieser vielbegehrten Dinger hatte er zu vergeben.

Wie ich mich am Manöverschlusse bei meinem Capitano zurückmelde, sagt er bloß: Skat ohne Regel, Orden ohne Regel.

Zwei alte Geschichten von vollkommenen Spießbürgern

Vom Apotheker, der zu früh sterben wollte

Dem Apotheker Baldesar Nurfürdich, wohnhaft in der berühmten Stadt Schilda, war vor etlichen Monaten die Ehefrau gestorben. Er hatte sie dereinst wegen ihres Mammons geheiratet; insgeheim war sie ihm in den zweiundzwanzig Jahren gemeinsamen Lebens immerdar unausstehlich gewesen. Es wußte nur niemand; nicht einmal seine sogenannten Freunde. Die in der Kleinstadt unerläßliche Heuchelei hatte ihm den Mund verschlossen; und so hatte man seine Musterehe gepriesen. Jetzt, da er Witwer war, schmeckte ihm das Mittagessen nicht mehr. Er kam sich einsam und verlassen vor. Und jeden Sonntag trug er der Hingegangenen einen schönen Blumenstrauß aufs Grab.

Kleinmütig war er lebenslang gewesen und bei allem Wohlstande niemals daseinsfreudig. Jetzt ward er ein Griesgram. Und mehr noch verbitterte ihn. Sein einziger Sohn ging plötzlich eine Mißheirat ein. Und es fügte sich, daß Baldesar aus bürgerlichem Anstand einem Logenbruder tausend Taler borgen mußte, ohne daß der Mann dadurch vor dem Bankrott bewahrt wurde. Offenbar war das Geld verloren.

Tag und Nacht jammerte Baldesar: Läge ich nur schon neben meiner lieben Agnes draußen im Friedhofe!

Da kam seine Schwiegertochter auf einen guten Gedanken. Wenn der alte Esel wirklich abfahren will, sagte sie zu ihrem Manne, so sollten wir ihm doch dazu ein wenig helfen.

Sie besprachen sich und machten sich ans Werk.

Zusammen gingen sie zu dem Apotheker und sagten zu ihm: Vater, wie siehst du schlecht aus! Blaß, krank und ganz verändert. Was mag dir fehlen?

Ich habe den Arzt noch nicht holen lassen, erwiderte der Hypochonder. Aber ich weiß schon, was mir fehlt; ich habe die Gallenverdoppelung. Ich habe in meinem Hausdoktor über die Symptome nachgelesen; es stimmt alles. Betet für mich, meine Kinder; es geht mit mir zu Ende.

Anderntags kam ein Verschworener der beiden in die Apotheke. Verehrter Herr Nurfürdich, begann er, wie seht Ihr schlecht aus, blaß, krank und ganz verändert! Laßt Euch den Puls fühlen! Bei allen Heiligen, Ihr habt Fieber! Ihr solltet Euch zu Bette legen.

Ihr habt recht, entgegnete der Apotheker, zu Tod erschrocken. Ich sage es ja immer: Mit mir gehts zu Ende.

Sprachs, ging in den Oberstock und legte sich in sein Bett.

Wie der Arzt kam, ein Schelm, der es dem reichen Spießbürger von Herzen gönnte, daß ihn der Satan auch endlich einmal am Kragen erfaßt hatte, erklärte er nach umständlicher Beklopferei feierlich, denn es sollte wirken wie die Verkündung des Todesurteils über einen armen Sünder: Alter Freund und verehrter Apotheker, Ihr habt die Gallenverdoppelung.

Und was ist dagegen zu tun? fragte der alte Giftmischer entsetzt.

Einpacken bis über die Ohren! Tüchtig schwitzen! Diät! Strengste Diät! Nur noch trocken Brot und Ungarisch Wasser! Sonst garantiere ich für einen baldigen gottseligen Abgang.

Mutlos sank Baldesar in seine Kissen zurück. Jetzt naht mein letztes Stündlein! sagte er sich, voll des Grauens, das jeder Philister vor dem bösen Sensenmanne verspürt. Was will ich aber auch noch vom Leben? Soll ich länger leiden? Genug! Es komme, was kommen will!

Als der Arzt fort war, stellte sich eine Krankenschwester ein, entsandt von Baldesars Schwiegertochter, um ihm in seinen letzten Tagen beizustehen. Die erste Handlung der klapperdürren Frömmlerin war, dem alten Sünder seine Todesängste ordentlich zu verstärken. Hoffen wir, sagte sie, daß Ihr erlöst seid, ehe der Teufel Euch holt. Baldesar fühlte sich ganz totsterbensmatt.

Er schickte das fatale Weib auf ein paar Stunden fort und ließ sich sodann eine Bouteille Rotspohn ans Bett bringen, nicht von der Marke, die er in seinem Laboratorium immer um die Herbstzeit selber zu brauen pflegte, und die in Schilda hochbeliebt war, nein, eine Flasche veritablen alten Bordeaux, den er sich media in vita aus Geiz nur selten gegönnt hatte. Nun, in seiner tiefen Melancholie, labte der gute alte Wein ihm noch einmal Leib und Seele; bei Ungarisch-Wasser wäre es mit ihm aus gewesen.

Schließlich stellte sich der Herr Pfarrer ein.

Da wußte Baldesar: Jetzt ist unfehlbar das Ende da. Auch der Rotspohn hilft nun nichts mehr. Und ergeben lispelte er vor sich hin: Wie Gott will, ich halte still.

Gegen Abend eröffnete ihm die Samariterin: Eure Füße sind eiskalt; Eure Augen trüben sich; Eure Zunge lallt nur noch. Der Todeskampf beginnt. Seid auf alles gefaßt!

Da ließ der Sterbende den Notar holen. Bisher hatte er die drei Taler auszugeben sich gescheut.

Der Mann kam.

Ich setze meinen Enkel Fridolin zum alleinigen Erben ein. Bis er mündig wird, soll die hohe Obrigkeit den ganzen Kram verwalten. Amen!

Damit hatte er sich mit Leben und Sterben abgefunden. Herzhaft klappte er die Augen zu. Nun war er für die Welt tot.

Sein Sohn kam, seine Schwiegertochter, alle Anverwandten, eine Schar Freunde, der Provisor und der Lehrbub, etliche Skat- und Logenbrüder, der Vize-Vorstand vom Verein Heimatschutz, dessen Vorstand er gewesen war, und zuletzt der Oberbürgermeister.

Ehre, wem Ehre gebühret! sprach das Stadtoberhaupt, seiner Würde und Wirkung bewußt.

Baldesar hörte den Spruch mit tiefer Befriedigung. Nicht minder ergriffen war er, als Tante Kornelia – im Leben hatte er die böse Klatschbase nicht ausstehen mögen und sie dementsprechend schlecht behandelt – an ihn herantrat und ihm die gefalteten Hände streichelte mit den Worten: Wir haben einen edlen Mann verloren!

Am liebsten wäre er aufgesprungen und der alten Jungfer um den Hals gefallen. Zum erstenmal in seinem Leben empfand er etwas wie Reue. Donnerwetter, sagte er sich, ich hätte der Tante Kornelia doch wohl dreißig Taler vermachen sollen. Aber kannte ich ihre mir zu spät offenkundige, edle Gesinnung? Ach, ich Tor! Die Furie heuchelt bloß, aus Angst vor ihrem eigenen baldigen Ende.

Einer der Skatbrüder sank vor dem Bette nieder und schluchzte: Guter, von uns jäh geschiedener Freund, die Skatregeln hast du zwar nie kapiert; aber es spielte sich famos mit dir, und ich habe manchen Groschen eingesackt. Werde dir dafür die Erde leicht!

Wiederum wäre Baldesar am liebsten aufgesprungen, um dem allzu ehrlichen Freunde eine kräftige Maulschelle zu stiften; aber das dürfen Tote nicht.

Schließlich, nach Zeremonien, Leichenreden und Lobeshymnen nagelte man ihn ein. Der etwas zu billig gekaufte Sarg war schlecht gebaut; am Kopfende drang rechtschaffen viel Luft ein. Dieser Glücksumstand rührte den nun bald Begrabenen. Es muß einem frommen Manne genügen – sagte er sich – wenigstens im allerletzten Stündlein die Götter gnädig zu sehen!

Alsbald trug man ihn hinaus; die enge Stiege hinunter; und dann ging der Zug nach dem Friedhofe, der ziemlich weit vor der Stadt lag. Eine Viertelstunde vernahm er stillauschend die schlürfenden Tritte der stattlichen Trauergesellschaft, die ihm das letzte Geleit gab, weil es so Sitte war, wenn ein ehrbarer Bürger gestorben ist, in Schilda wie überall. Zwölf kräftige Jünglinge schleppten Baldesars Holzgehäuse und zwölf zarte Jungfrauen sangen ein weinerliches Lied.

Kurz vor dem Friedhofe ward Rast gehalten, am Gasthofe zum Grünen Jäger. Baldesar wußte, daß man es zumeist so hielt, und er war durchaus mit dem Halt einverstanden, denn es dünkte ihn, nie im Leben ein so miserables und unbequemes Verkehrsmittel benutzt zu haben.

Plötzlich vernahm er eine ihm wohlbekannte, eine ihm ganz besonders wohlbekannte Stimme.
Es war der Logenbruder, der unlängst pleite gegangen war. Er kam aus dem Grünen Jäger, trat an die hingesetzte Bahre, und was sagte er?

Ach, unser lieber Bruder vom Gelben Apfel, wie würde er sich gefreut haben in seiner menschenfreundlichen Seele, wenn ich ihm noch hätte vermelden können: Denke dir, Baldesar, meine Frau Schwiegermutter ist vor acht Tagen gestorben; ich bin wieder zahlungsfähig – und morgen wollte ich dir deine tausend Taler zurückbringen!

Das war zuviel! Der Lebensmüde, schon beinahe Begrabene stieß mit gewaltigem Stoß den Sargdeckel auf, steckte den Kopf vergnügt aus seinem Kerker und reckte dem braven Schuldner die Rechte hin, indem er ausrief:
Hole dich der Fuchs, wenn du mir nicht auf der Stelle meine tausend Taler aufzählst! Nun lebe ich weiter.

Die Geschichte von der heiligen Hose

Es war in Ragusa, wo eines schönen Tags die Ehefrau eines wohlangesehenen Bürgers beichten ging. Ich weiß im Augenblicke nur nicht, welcher geistliche Orden damals dort segensreich wirkte; nehmen wir an, jene wackere Bruderschaft ist inzwischen längst ausgestorben. Kurz, ein Mönch bekam die Sünden dieser Eva anvertraut, und was dem ehrwürdigsten Manne widerfahren kann, es suchten ihn dabei unstatthafte Lüste heim. Und schließlich geschah es, daß sich zwei Entflammte eifrigst berieten, wie sie sich ein Schäferstündchen schaffen könnten. Man verabredete folgendes. Die Zuspruchsbedürftige sollte sich zu Haus alsbald totkrank stellen und den Beichtvater an ihr Schmerzenslager erbitten. Fromme Ergüsse pflegen unter vier Augen vor sich zu gehen; somit war das Stelldichein gewährleistet.

Am andern Morgen tat die Frau als gehe es ihr hundemiserabel. Sie blieb im Bett, erheuchelte gräßliches Bauchweh und verlangte gegen Mittag mit kreuz erbärmlicher Stimme nach ihrem Seelentröster. Rasch ergeben in das ihm so jäh drohende Witwertum, erfüllte ihr der gutmütige Ehemann diesen letzten Wunsch. Der Mönch kam und spendete reichlich Trost, bis nach einer geschlagenen Stunde die Magd ins Gemach trat, nach etwaigem Begehr der kranken Herrin zu fragen. Würdevoll empfahl sich da der Mönch, nicht ohne laut zu versprechen, anderntags wieder zu kommen, um die Beichte zu vollenden.

Wiederum gegen Mittag erschien er zum zweiten Male. Abermals fiel es keinem Hausgenossen ein, die weihevolle Zwiesprache zu stören. Der Mönch setzte sein menschenfreundliches Amt emsig fort; um es sich bequemer zu machen, zog er diesmal die Hose aus und hing sie über das Bettgestell. Stiller Gottesfriede waltete im Gemach; da trat plötzlich der Ehemann in die Stube, wahrlich nicht, weil ihm die Trösterei zu lange dauerte, vielmehr aus reinem Mitleid um seine dem Jenseits verfallene Eheliebste. Der Mönch erschrak; aber es gelang ihm, sich mit Anstand zu erheben und seine Kutte unauffällig zusammenzuschlagen. Unter wiedergewonnener Sicherheit empfahl er sich, vergaß aber in der Eile seine ausgezogene Hose zu ergreifen.

Der Ehemann gewahrte die merkwürdige Reliquie erst, nachdem der Mönch das Haus verlassen hatte. Jetzt übermannten ihn übler Verdacht und maßlose Wut. Er rannte auf die Straße, immerfort schreiend: Wahrlich, ein trefflicher Beichtvater! Der Schelm hat mir mein Weib verführt. Ich werde es ihm besorgen. Sein Lebtag soll er seine Hose an kein Ehebett mehr hängen!

Die Nachbarn strömten herbei; die Vorübergehenden blieben stehen; der Vorfall ward zum öffentlichen Ärgernis. Im Zorn über sich selber lief nun der geprellte Bürgersmann zum Abt des Klosters und brachte ihm den erlittenen Schimpf vor. Hundertmal beteuerte er dabei: Den Lüdrian bringe ich eigenhändig um. Ich knüpfe ihn an seiner Hose auf.

Der Abt, ein weltweiser alter Mann, versuchte alles mögliche, den Ergrimmten zu beschwichtigen. Derlei hängt kein Besonnener an die große Glocke, meinte er. Stillschweigen müßt Ihr und Gras über die Geschichte wachsen lassen. Was ist übrigens daran erwiesen? Die Hose wird dem Barmherzigen ganz nebenbei hinuntergerutscht sein.

Damit gab sich der schwer Gekränkte nicht zufrieden. Wer wird mir das glauben? jammerte er. Schon spricht die ganze Gasse, die ganze Stadt, die ganze Gegend von der fremden Hose an meinem Ehebette. Herr Abt, schafft bessern Rat! Sonst geschieht ein Unglück.

Eine Weile überlegt sich der hilfsbereite Abt das schlimme Ding. Und schon schmunzelt er gemütvoll.

Hört mich an! sprach er. Eigentlich ist das mein Amtsgeheimnis. Aber um Euer Eheglück zu retten, verkündige ich Euch: Es war die Hose des heiligen Antonius, die wir seit Jahrhunderten im Klosterschatze verwahren. Unser Bruder, dein Beichtvater, hat sie ohne mein Vorwissen mitgenommen, um Euerm Weibe zu helfen. In der Tat: Eure Frau ist wieder gesund. Schmückt Euer Haus! Morgen in der Frühe wird die Prozession kommen und ich in Persona, um die heilige Hose vor aller Welt zurückzuholen.

Ergriffen sank der Bürger in die Knie. Und anderntags kamen die Mönche feierlich gezogen. Der Abt begab sich an den Ort des Vorfalls, hob die verlassene Hose ehrfurchtsvoll auf, legte sie auf ein goldbesticktes Seidentuch und trug sie hinab. Wer ihr begegnete, küßte die köstliche Reliquie, und unter dem Gesänge der Chorknaben ward sie zur Schatzkammer ins Kloster geleitet.

Erhobenen Hauptes wandelte fortan der Gerechtfertigte wieder durch die Gassen der Stadt, innigst dankbar dem heiligen Antonius, daß er ihm wiedererstattet hatte, was jedem Spießbürger das Allerhöchste ist: sein Ansehen bei den Anderen.

Fremdling, der du nach Ragusa kommst, verfehle nicht, dir die heilige Hose zeigen zu lassen!

(Nach einer Facezie des Florentiners Poggio, zuerst gedruckt 1496.)

Der Spießer wie er leibt und lebt

In der neueren europäischen Literatur ist es vor allen andern dem Franzosen Gustav Flaubert gelungen, einen typischen Spießer zu gestalten, in seinem Apotheker Homais. Man ist erschüttert, wenn man die Madame Bovary liest. Die Schuppen fallen einem von den Augen; urplötzlich erkennt man, daß man es schon mit tausend Homais zu tun gehabt hat, selbst in der eigenen Verwandtschaft.

Zum 80. Geburtstage Bismarcks, das heißt des Mannes, der die seit Jahrhunderten ersehnte Einheit der deutschen Stämme mächtig vorwärts gebracht hat, lehnte es der Reichstag am 23. März 1895 mit 164 gegen 143 Stimmen ab, den Fürsten zu beglückwünschen.

Der Abgeordnete v. Kardoff sprach vor der Abstimmung:

Wenn dies Votum von der Mehrheit des Deutschen Reichstags so abgegeben wird, wie es die Herren Abgeordneten Singer (Sozialist), Richter (Liberaler) und Hompesch (Klerikaler) hier beantragt haben, so sage ich das gegenüber unserem gesamten deutschen Vaterlande, ja gegenüber ganz Europa, und nicht bloß gegenüber ganz Europa, sondern gegenüber der ganzen Welt, und nicht bloß gegenüber der ganzen Welt, sondern für alle Jahrhunderte der Zukunft: Der Reichstag macht sich unsterblich lächerlich!

Jedesmal wenn die sozialistischen Parlamentarier das Vaterland verächtlich machen, um irgendwelche Schildbürgern durchzusetzen, fällt einem Ferdinand Lassalle ein, der einmal gesagt hat: Respekt sollen die andern Völker vor uns haben, weil wir einig und mächtig sind. Mehr wollen wir nicht.

In einer Dresdner Zeitung (vom 21. August 1928) steht unter der fetten Überschrift Mehr bewußtes Sachsentum! zu lesen:

Nach einer Meldung aus Bingen am Rhein hatten sich gestern nachmittag hier auf dem Marktplatze sächsische Wandervögel zur Rast niedergelassen, wobei ein Einundzwanzigjähriger in einem losen Mädchenkleide auftrat. Ein Schutzmann brachte den Jüngling zur Polizeiwache, wo er sich in einer Zelle vom Mädchen zum Manne zurückverwandeln mußte. Sein Verhalten erregte allgemeinen Unwillen. Man kann nur dringend wünschen, daß die wandernden Sachsen alles vermeiden, was Anstoß erregt, damit das Ansehen der Sachsen nicht immer von neuem beeinträchtigt wird.

Unser Ansehen in der Welt, seit wann ist es gefährdet? Sind wir Sachsen nicht als musterhaft artig allbekannt? Nun natürlich kann sich kaum noch ein Elbflorenzler an den Rhein wagen. Ihr braucht bloß einmal aus Gewohnheit: Weeß Kneppchen! zu rufen, sogleich guckt die Binger Moral-Patrouille hochnotpeinlich nach, ob ihr Mädels oder Jungen seid.

Die Berliner Illustrierte Zeitung (1928) Seite 1494 berichtet unter der Überschrift: Die Sportsmama folgenden Weltrekord-Blödsinn:

Die Holländerin Mimi Braun ist eine der besten Schwimmerinnen der Welt. Aber es war ein besonderes Vergnügen, neben ihr ihre Mutter zu beobachten, eine Dame mit silbergrauem Bubikopf, die den Wettkampf ihrer Tochter miterlebte, ja mitschwamm. Neben ihr faßte ein kleines herziges Stoffhündchen Posto: die Glücksbringerin. Kaum war das Schwimmen gestartet, schon war Mascotte in Mama Brauns rechter Hand, und schon kniete die Sportsmama, nein, lag sie bäuchlings am Bassinrande und brüllte ihrer Tochter taktische Ratschläge, Ermunterungen und Verweise zu; und nicht umsonst hielt sie Mascotte soweit zum Wasser entgegen, daß das liebe Hundevieh seine Pfoten fast badete. So erschwamm Fräulein Mimi Braun, bejubelt von ihren begeisterten Landsleuten, Sieg und Rekord, direkt in die sehnig sich sehnenden Arme der Mutter, die nun Weltrekord-Großmama geworden war.

Mag Deutschland immer mehr verblöden: der Spießer schwimmt seit Monaten in tausend Wonnen der Eitelkeit, denn er hört und liest in allen Blättern: Deutscher Sport ist in der Welt voran. Die beiden Reklame-Akrobaten und Ozeanflieger Müller und Schulze sind berühmter als Kolumbus – der letzte Berliner Droschkenkutscher Piefke hat Paris erreicht – der Kilometer-Raser Poppel hat den Raketenwagen erfunden und durch den Mord einer armen Katze öffentlich eingeweiht. Er beabsichtigt, demnächst zu Ehren von tausend Überfahrenen selber das Genick zu brechen. Und Fräulein Elise Schräder aus Dingskirchen hat in Amsterdam im Wettschwimmen rückwärts einen Delphin geschlagen.

Das Leibblatt der Münchner Pfahlbürger hat sich jüngst über eine Äußerung von Thomas Mann gegen die Sportfexerei und Matadorenverhimmlung gelegentlich des Triumphzuges der Ozeanflieger gewaltig aufgeregt und den Verfasser der Buddenbrooks, wohl nicht nur wegen seines nicht unberechtigten Protests, als einen undeutschen Mann gebrandmarkt. Der Vielgelesene hatte den erstaunlich kühnen Ausdruck Fliegertröpfe geprägt.

Leider hat Thomas Mann diesen ihm fatalen Angriff nicht sofort damit erwidert, daß er in der Berliner Dichter-Akademie, die es nötig hat, einmal männiglich hervorzutreten, eine ernste große Rede über den geistigen Anstand des Reiches gehalten hätte.

Die deutschen Autoren, deren Werke im Sporttaumel zu wenig gelesen werden, sollen aber trotzdem nicht gleich allen Mut verlieren, denn es geht die famose Kunde durch die Lande: beim Sportjahrmarkt in Amsterdam hat ein deutscher Dichter einen ersten Preis erhalten: Rudolf Binding für seine Reitvorschrift für meine Geliebte. (Sie hat übrigens eine ergötzliche Parodie erlebt: von Max Schwerdtfeger.)

Also liegt es nur an uns, daß wir nicht die richtigen Bücher schreiben und Sportpreise nicht bekommen.

Wie man hört, ist Herbert Eulenberg, da seine zehn Bände Schattenrisse absolut nicht mehr gehen wollen, dabei, ein: Box-Reglement für meine Schwiegermutter zu verfertigen. Damit hat er sich für die nächste Olympiade in Chicago einen Preis gesichert.

Wenige Jahre vor dem Kriege hat sich Maxim Gorki von seiner Frau scheiden lassen; sie hatte ihre Schuldigkeit getan. Ohne das Standesamt zu belästigen, tat er sich nun zusammen mit der Schauspielerin Andrjewa und machte mit ihr eine Hochzeitsreise nach U.S.A.

Erster Aufenthalt in New York. Am Morgen bringt der Portier des Hotels einen Schutzmann in die Gorkischen Gemächer. Der fragt den überraschten höflichst: Ist die Dame Ihre Ehefrau? Zeigen Sie mir den Trauschein!

Der Verfasser des Nachtasyls, weder im Besitz einer waschechten Ehefrau noch eines Ehedokuments, wird auf das Kriminalpolizeiamt mitgenommen. Vierundzwanzig Stunden später ist er als Wüstling aus den Staaten ausgewiesen. Es hilft kein Protest: Gorki und die Andrjewa müssen sich Schiffskarten bestellen.

Das heißt, einen Ausweg in der Not hätte es gegeben: wenn sich das Liebespaar ins Hotel-Auto gesetzt, den Schutzmann und noch einen Zeugen mitgenommen und gottvergnügt sich zum Standesamt verfügt hätte. Aber der östliche Don Juan war nicht Weltmann genug.

Statt dessen schrieb er ein giftiges Buch: Im Lande des gelben Satans.

Kein Amerikaner hat es gelesen.

Wer ist nun hier der größere Spießer? Gorki oder der Yankee?

Vereinsabzeichen. – Ich habe mir den Spaß oder die Mühe gemacht, eines Nachmittags von 3 bis 7 Uhr auf allen möglichen Straßenbahnen die Abzeichen zu studieren, die der Massenmensch von heute am Rockaufschlag zu tragen pflegt. Auf meine Frage haben mir die meisten Träger dieser scheußlichen Dinger bereitwillig Auskunft gegeben. Nur einer fragte mich brüsk, ob ich eine rein haben wolle. Ich lehnte ab, indem ich ihm, aus Versehen, fest auf sein Hühnerauge trat und mich wortreich entschuldigte. Sofort war er zugänglich. Er trage das Zeichen des Vereins der Kanarienvogelzüchter in den Reichsfarben. Geben Sie mir freundlichst die Adresse, sagte ich und setzte meine Studien an andern Objekten fort. So bin ich bis Nummer 241 gekommen; lauter verschiedene Symbole. Der Vereinsabzeichenträger Nr. 242 erwiderte mir auf meine höfliche Frage artig, aber bestimmt: Auskunft kostet fünf Groschen. Ich gab ihm dies Honorar, worauf er gemütlichst antwortete: Ich bin Sie nämlich Mitglied des Vereins: Nischt umsonst!

Belustigt lud ich ihn zu einem Hennessy im nächsten Kaffeehause ein. Er nahm an. Als der Zahlkellner kam, zog er ein Fünfmarkstück aus der Westentasche und fragte mich: Boom oder Krähe?

Ich war für den Vogel – und er berappte die Zeche.

Nischt umsonst! meinte er würdevoll und empfahl sich.

Ich habe mir vorgenommen, Mitglied dieses nützlichen Vereins zu werden.

Seit Jahrzehnten regt sich der deutsche Spießer über die französische Fremdenlegion auf. Genau so wie es in jedem gutgebauten Hause einen gewissen Ort geben muß, bedarf Europa einer Menschenlatrine. Man sollte sich freuen, die Taugenichtse und Abenteurer so bequem loszuwerden.

Es gibt immer wieder Leute, die Eigenbrötelei in Dingen betreiben, die zweifellos die Zusammengehörigkeit der Kulturmenschen hemmen. Was zum Beispiel hat es für Nutzen, daß der Deutsche eine lateinische und eine angeblich deutsche Schrift beibehält?

Diesem Beharren an Nützlosem steht merkwürdigerweise in Deutschland eine unerhörte Nachgiebigkeit in der sogenannten Rechtschreibung gegenüber.

In seiner Weltgeschichte in Umrissen (Erstausgabe 1897) sagt der Oberst Maximilian Graf Yorck von Wartenburg (gestorben am 27. November 1900 vor Peking):

Feines Sprachgefühl und reges Nationalgefühl hängen innig zusammen. Wie stehen wir dem gegenüber, wir mit unsrer fürchterlichen neuen Rechtschreibung? Wenn jemand den Thau und das Tau gleich schreiben, wenn er das Fremdwort so hoch achtet, daß er der Rhone schreibt, wo die deutsche Zunge sich längst die Rhone zurecht gemacht hat, so zeigt er, daß ihm das feste Gefühl für das geschichtlich Gewordene in der Sprache fehlt und damit auch für das geschichtlich Gewordene in Recht und Politik. Die heutige Schädigung der deutschen Sprache ist in einem Punkte fast schlimmer als die des siebzehnten und achtzehnten Jahrhunderts mit ihrem französisch-deutschen Sprachgemisch; denn sie ist revolutionär, jakobinisch; kein anderes europäisches Volk hätte sich durch Beamtenbefehl so eine Sprache zurecht schneiden lassen, da in jedem andern das nationale Gefühl zu stark ist, um solches an seinem teuersten Besitze zu gestatten, an dem Besitze, von dessen Bewahrung das Volkstum abhängt, mit dessen Verluste das Volk zu einem andern wird. So können wir unsern Bismarck auch darin als guten Genius verehren; sagt er doch in einem seiner letzten Erlasse: Die Übertragung des fremdländischen Genus auf deutsch gewordene Wörter ist eine dem Geiste unsrer Sprache fremde Nachahmung.

Andrerseits: der Philister zerbricht sich immerdar den Kopf, für Dinge, auch wenn sie im Auslande erfunden sind, angeblich gute deutsche Namen zu ergrübeln. Ein fürchterliches Unternehmen. Es müßte aller drei Jahre eine Weltkonferenz tagen, die für alle wichtigen neuen (und auch für wichtig gebliebene alte) Erfindungen kosmopolitische Namen festsetzte und einführte, vor allem im Gebiete des Verkehrs, der Technik, der ärztlichen Wissenschaften, des kommenden Weltrechts. Sprache und Schrift sind dazu da, daß die Erdbewohner ohne unnütze Mühe sich verständigen und einander nähern.

Einer meiner Lehrer, und zwar der, der mich jahrelang tückisch und niederträchtig gequält hat, war der ehedem bekannte pedantische Sprachreiniger Professor Hermann Dunger, körperlich wie geistig ein

Zwerg. In meinen Jugenderinnerungen spielt er die Rolle des ersten Philisters, der mir in den Weg getreten ist. Ich haßte ihn wie Tristan den Melot, bedauernd, daß es nicht mehr Sitte war wie in der alten Bretagne, seinem Feinde einen wohlverdienten Pfeil in den Buckel zu schießen.

Als Unterprimanern hieß uns dieser gräßliche Pädagog von Stunde zu Stunde zweimal in der Woche je zehn Odyssee-Verse auswendig lernen, was nach zwei Monaten rund zweihundert Hexameter ausmachte, die man vom Katheder aufsagen mußte. Wer stecken blieb, ward wieder hinuntergejagt, um in der nächsten Stunde abermals sein Glück oder Unglück zu versuchen. Noch manchmal, heute nach vierzig Jahren, befinde ich mich im Traum als Rhapsode Homers am hohen Ort und komme nicht über den zwölften griechischen Vers hinaus.

Der Primus meiner Klasse konnte die 444 Verse des ersten Gesanges glatt aufsagen. Er ist Feld-Wald-Wiesen-Anwalt geworden; und auf meine Frage – ich traf ihn zufällig jüngst –, wie er zur nach-homerischen Literatur stehe, erwiderte er mir verschämt: Seit meinem Weggange von der Universität habe ich keine Zeit mehr zur Privatlektüre; ehrlich gesagt: ich habe immer nur gelesen, was ich habe lesen müssen.

Keine Zeit zur Privatlektüre? Barbar! Während er sich damals seine 444 griechische Hexameter einpaukte, träumte ich über Jean Pauls Titan.

Daß ich mich ehrlich über einen mir krassen Schulmeister äußere, werden mir die Philister unter den vierundzwanzig Genossen, mit denen ich mein Abiturium zustande gebracht habe, vermutlich schwer übelnehmen. Ich will deshalb hier an gleicher Stelle einen andern unsrer Lehrer, und zwar einen, den damals keiner verstanden hat, feiern, indem ich ein ungedrucktes Gedicht aus seinem Nachlasse veröffentliche. Es ist Albert Moeser (1835 bis 1900). Im Gesicht ein zweiter Sokrates, weltfremder Pessimist, zum Lehrer sogar in der Oberprima ungeeignet, weder Jugendkenner noch überhaupt Weltlust verstehend, war er uns allen eine groteske Erscheinung. Daß ich und mit mir zwei, drei andre junge Literaturfreunde ihn als Lyriker heimlich kannten, war ihm unbekannt.

Kurz vor dem Großen Kriege war ich daran, seine hundert besten Oden und Gedichte von neuem herauszubringen; hatte die Genehmigung seiner Verleger und Erben; das Manuskript lag in Reinschrift vor, da spielte das Schicksal dem Außenseiter den letzten Streich: das alte Deutschland war erledigt.

Werde der du bist
(Spruch Pindars)

Wen aus dem Nichts der Gott berief zum Leben,
Ein Urbild trägt er fest im Seelengrunde,
Dem er, nur er, Gestalt und Form kann geben.
Von allen, die ein irdisch Weib geboren,
Ist Keiner gleich im Urkern einem Andern,
Und Jeder ist zu seinem Sein erkoren.
In all dem Staub, da falsche Götter gleißen,
Ist Höhenglück: Fremd jedem fremden Ziele,
Verfolge nur, was Blut und Traum dir heißen!
Todfeindlich ist das Leben solchem Drange;
Jedweden spannt es an den Sklavenwagen
Und heischt von ihm Tribut im Alltagszwange:
Dem Kleinen sollst du dienen, dem Gemeinen;
Sollst nie dir selber, immer Andern leben.
Mag still in dir der Genius wohl weinen.
Nein, füg dich nicht! Zerreiß die Kerkerketten!
Dem Urbild werde niemals zum Verräter!
Bleib willensstark! Du mußt dir selbst dich retten!
Gelassnen Blicks sieh auf des Schwarmes Treiben,
Und mag die Welt dich höhnen und mißachten,
Dein Wahlspruch heiße: Treu mir muß ich bleiben!
Die Masse wird dich nie verstehn. Verzichte
Auf Geld und Gut, auf Stand und äußre Ehre,
Auf Weib und Kind; nur deine Pflicht verrichte!
Erdicht dir deine Welt, im Bettlerkleide,
Dachkammerphilosoph, in dunklem Winkel,
Im Kampf mit all dem kleinen Erdenleide!
Dein Trost, dein Glück, dein Stolz: Du darfst dir sagen:
Wo sind die, die sich selber nie verleugnen?
Die, was auch droht, ihr eignes Herz nur fragen?

Es war ein seltsames Bild, wenn Albert Moeser, den schwermütigen blassen Kopf gestützt auf die rechte Hand, seinen vierundzwanzig Primanern das Symposion vorlas, übertrug und erläuterte. Zuweilen unterbrach der Menschenfeind, der sich seinen geliebten Autor vorlas, seinen monotonen Vortrag, um einen müden fragenden Blick in seine Hörer zu werfen, von denen keine drei aufmerksam waren. Warum gab er sich überhaupt die Mühe, uns Platon näher zu bringen?

Die berufsmäßigen Biographen bedeutender Männer werden der Jugendzeit ihrer Opfer fast durchweg wenig oder gar nicht gerecht. Ihre Methode erheischt es, die Schulprogramme und Universitäts-Vorlesungsverzeichnisse vorzunehmen, worauf sie nach Herzenslust ihre Märchen um den Helden spinnen. Der Stubengelehrte schwört auf den Einfluß jedes Lehrers auf jeden Schüler. Nichts ist lächerlicher. Begabten jungen Köpfen macht nichts größeren Spaß als die Wahlverwandten und Vorbilder aufs Geratewohl sich selber zu entdecken.

Einmal bei Albert Moeser, über den die Literaturgeschichte wenig berichtet, möchte ich nicht unerwähnt lassen, daß er seine Schüler zu Literaturfreunden zu machen immer bestrebt war. Ich danke ihm meine Vorliebe für Sallust. Ihm danke ich auch, daß er mich als Erster hingeleitet hat auf die Merlin-Sage, auf R. Hamerling, Grisebach, Heinrich Leuthold, Martin Greif, Hermann Lingg, Wilhelm Raabe, Konrad Ferdinand Meyer, Strachwitz und auf den Grafen Schack. Das war damals die moderne Literatur.

Wenn die meisten von uns nichts von diesem Sonderlinge lernen mochten: eine schöne Lebensregel, die der grimmige Pessimist uns oft vortrug, hätte jedermann beherzigen sollen: Was du auch wirst in der Tretmühle eines sogenannten Berufs, nichts ist auf die Dauer er-träglich, wenn man sich keinen Privat-Sonntags-Schimmel hält.

Als ich, inzwischen lebenslustiger Artillerie-Leutnant geworden, den alten Lehrer wieder einmal aufsuchte, brummte er in seiner ironischen Art: Herr Alkibiades, was macht der Privat-Sonntags-Schimmel? – Vorläufig, berichtete ich, kaufe ich mir aller drei Wochen eine Neuerscheinung und füttere das Biest damit. – Also habe ich doch nicht umsonst Literaturliebe gepredigt! frohlockte Moeser.

Eines nur nicht vergessen! Niemals den Pegasus in den eigenen Stall stellen! Um Apollswillen: vor allem keine Berufs-Droschkenfahrten!

Der Spießer aus der Kavalier-Perspektive v. Eugen Baron Vaerst

(1836)

Vaerst, geboren in Wesel 1792, Offizierssohn und Offiziersenkel, von 1811 bis 1818 selber ausgezeichneter Soldat, nimmt als Garde-Kapitän den Abschied. Studiert. Befreundet mit Jean Paul und E. T. A. Hoffmann. Lebt in Berlin, Weimar, Kopenhagen, London, in Holland und Italien, dann in Paris bis 1840. Bis 1847 Theaterleiter in Breslau. Leidend zieht er sich zurück auf das Gut seines Bruders und stirbt 1855; Weltmann und Literaturfreund. Wir kommen im Büchlein: Der gottvergnügte Schlemmer – auf Vaerst als Gastrosophen zurück.

Ich leite den Namen Philister von den Philistern des Alten Testaments ab. Wie charakteristisch erscheinen sie, als sie sich mit dem Kinnbacken eines ihrer würdigen Ahnen tausendfältig von Simson totschlagen ließen; und wie vollendet, als sie des gefangenen blinden Helden spotteten. Je höher, je erhabener der in den Staub Getretene stand, desto größer ist der natürliche Philisterjubel, wenn er fällt.

Das Wandeln auf sich selbst vorgezeichneter Bahn hat dem Philister seit ewiger Zeit für unerhörten Leichtsinn gegolten. Nur den ihm von Anderen durch Umstände oder durch die Konvenienz bestimmten engen Weg vermag er zu gehen. Aus seinem Sonnensystem ist der Komet gestrichen. Dieser ist ihm ein ärgerlich Ding, ein Extravagant; er irritiert ihn. Seine Bahn ist schwer zu berechnen; sein Licht bis auf den Feuerschweif ihm verhaßt. Auch die Fixsterne sind dem Philister unbequem. Aber der Planet, der Philister des Firmaments, der ist sein Mann; denn er schreitet unwandelbar auf ewiger Bahn, ohne Barmherzigkeit und Erbarmen, ohne eigene Tätigkeit und Verantwortlichkeit. Da weiß man doch, woran man ist, woran man sich zu halten hat.

Der Philister engt sich gutmütig ein und wohnt am liebsten in einer kleinen Stadt. In solchem Winkel läßt es sich am leichtesten glänzen. Sein höchstes Ziel ist die reichste Krämertochter im Neste, die zugleich die hochnäsigste ist.

Geht sein Glück mit ihren Talern Hand in Hand, so wird er zumeist ein sanfter Hausvater unter strengem Pantoffel-Regiment. Er gedeiht bei Stallfütterung, wie das Hasengeschlecht den Ort liebt, wo es geheckt und gehegt wird. Er ist ein guter Hausvater, trägt sein Hauskreuz mit Geduld. In seiner kühnsten Phantasie schweift er bis zum Bürgermeisterposten.

Der Philister hat keine sozialen Eigenschaften, keine Idee von den wichtigsten menschlichen Dingen. Er weiß nicht, wie es draußen in der großen Welt zugeht; aber er hat Kaprizen für allerlei Kleinigkeiten, viel Sonderbares; und er ist ein Freund des Barocken. Ist er gelehrt, so weiß er am besten Bescheid in jenen Gegenden der Wissenschaft, wo die Motten anfangen.

Überall predigt der Philister das Nützlichkeitsprinzip. Überall sucht er sogleich den Nutzen herauszufingern nach einem gewissen natürlichen Instinkt, nach einer Form und wieder nach einer Form.

Er verehrt seinen Gott in der Kirche; er betet gern mit den Lippen, wobei er die Augen demütig niederschlägt.

Der Philister liebt Unveränderlichkeit. Er hängt zäh an dem, was er hat und ist. Er liebt den eingewohnten Gedankenkreis. Er ist ein Petrefakt für die Ewigkeit; kein Salz, kein Prozeß hilft ihm davon. Er ist wie ein Passatwind, der immer nach einer Richtung, an einer Stelle, zwischen den Wendekreisen des Krebses und des Steinbocks, weht. Der bewegliche Denker ist dem Philister verhaßt. Er verfolgt ihn desto mehr, je unwissender, blödsinniger, abergläubischer er selber ist. Besonders unerträglich ist ihm das keimende grüne Genie.

Ein Philister richtet nicht nach einem inneren Maßstabe, nicht nach einem Gefühle des Rechts. Er hat für alles sein Urteil fertig; er hat Regeln und Formeln, geschnitten und gehauen. Er braucht kein halbes Leben, um mit sich selber fertig zu werden; und ebenso kurz macht er es mit den Andern.

Ein sicheres Kennzeichen des senilen Philisters sind seine Klagen über schlechte Zeiten. Wer seine Zeit kennt, wird sie nicht schlecht nennen.

Zeitlichkeit ist unser Los. Wer seine Zeit nicht anerkennt, verkennt alle. Der Philister wünscht die seine immer zum Teufel. Ferner klagt der Philister über Verschlechterung der Sitten, Verfall des Theaters, und daß die Erde kälter geworden sei. Weil des Philisters Jugend erstarb, soll alles tot sein. Schon Homer erzählt: als Odysseus heim kam, fand er, es schneie auf Ithaka.

Philister hassen den Witz wie Kastraten die Liebe. Witz und Verstand sind Geschwister. Das Philisterpack hat heiligen Respekt vor beiden. Eine Art Witz aber, den hausbackenen, handhaben sie gern gegen ihre Untergebenen, die Art jenes Oberbürgermeisters, der zum Stadtgendarm, der vor Komplimenten nicht zum Sitzen kam, sagte: Setz er sich nur! Wo er sitzt, ist immer unten.

Der Spießer wandert ungern, und zu einer großen Reise entschließt er sich nur, wenn ihn Geschäfte dazu nötigen. Wer wandert, bleibt jung. Ein türkisches Sprichwort sagt: Nur fließendes Wasser bleibt frisch und klar.

Zwei Maximen stehen einander gegenüber: Bleibe im Lande und nähre dich redlich! – und: Verlaß deine Heimat und geh in die Welt, denn der Prophet gilt nichts in seinem Vaterlande.

Ich komme zur Wohnung des Philisters, die durchaus wohlgeordnet ist, denn er kennt keine höhere Ordnung der Dinge, die auch Unordnung zuläßt. Er kennt jene Träume nicht, in denen man sich und die Welt vergißt.

Er ist immer zu Hause; am liebsten im Großvaterstuhle, die Schlafmütze bis über die Ohren gezogen. Ellenlanges Gähnen ist sein Vergnügen, seine Kurzweil.

Hier bemerke ich beiläufig, daß ein Philister kein Vagabund oder Bohemien sein kann – und umgekehrt.

Ist der Philister Dandy, so trägt er sich gern recht bunt. Geleckt und geschniegelt, sieht er aus wie eine Karikatur, immer lächerlich.

Seine reichlich vorhandene Wäsche wechselt er nur an den bestimmten Tagen. Seine Strümpfe sind numeriert; nie zieht er Nummer 15 vor Nummer 14 an, denn er richtet sich stets nach Uhr und Ordnung. Bei allem hört er lieber auf die Glocke als auf den Geist.

Der Philister beginnt früh einzuheizen und viel; er liebt den Ofen, denn seine Natur ist kalt.

Mit der Liebe für alles Steife und Gemachte hängt sein Haß zusammen gegen alles Freie und Anmutige.

Gegen das Erhabene und Göttliche im Menschen, gegen jede höhere Natur trägt er Scheuklappen. Besonders zuwider sind ihm Goethe und Shakespeare; er hütet sich aber, dies laut auszusprechen, denn, eingedenk der eigenen Schwäche, fürchtet er offenen Krieg mit den Superioren.

In den seltenen Stunden der Seligkeit, die ihm widerfahren, singt der Philister doch auch ein Lied mit, am liebsten bei einem Glase Punsch am Familientische. Er reibt dazu die Zitronen auf Zucker selber ab; das ist ihm eine Lieblingsbeschäftigung, denn es erinnert ihn an seine Universitätsjahre, von denen er gern erzählt, wo er, wie er sich ausdrückt, ein ganz verfluchter Kerl war. So erzählt er reibend und reibt erzählend. Der Punsch, mäßig genossen, steigt ihm gleichwohl in den Kopf. Dann wird feierlich angestimmt:

Freude, schöner Götterfunken ...

Beim Ende des Gesanges ist der Philister tiefgerührt. Er weint, qualmt mächtig aus kurzer Pfeife, versichert jedermann ewige Freundschaft, und alle um ihn herum will er küssen. Der Moment ist gefährlich. Fliehe, fliehe, unschuldsvoller Jüngling! Meide Philisterküsse; sie sind unangenehmer Natur.

Die Wahrheit zu sagen: der Philister ist ein mäßiger Mann. Er ißt wenig und trinkt mit gespitztem Munde, ebenso wie er seine Philine küßt. Er liebt Hausmannskost, ladet auch zu solcher ein, wozu er seinem Gaste recht guten Tischwein vorsetzt. Nach Tisch geht er, wie er sich ausdrückt, die freie Natur genießen.

Nach Sonnenuntergang geht er ungern aus, weil er den Schnupfen fürchtet; und nur notgedrungen schläft er außerhalb seines Hauses. Im Allgemeinen träumt der Philister nicht; träumt er aber einmal, so sind es Zahlen. Er setzt sie in der Lotterie; doch keines Philisters Zahl kommt heraus. Es ist ihm bestimmt, die Last des Lebens im Schweiße seines Angesichts zu tragen. Nichts nimmt er leicht; über nichts weiß er sich hinwegzusetzen, sei es vor eingebildetem oder wirklichem Hindernisse. Nichts sieht er im Voraus kommen. Rund um sich erblickt er Unmöglichkeiten, die chinesische Mauer. Und immer klagt er.

Der Philister kennt kein mutiges Wagen, kein heimliches Wünschen, keine lockenden Hindernisse. Gefahr reizt ihn nicht; seine Kräfte vergeudet er nicht. Nur im äußersten Notfalle strengt er sich an. Sein Leben verschwenden kann er nicht. Er bezahlt mit langem Schmerze kurze Freuden. Er treibt gute Wirtschaft, überall, und doch will es ihm nirgends recht klecken; denn er ist kein Sonntagskind, und er weiß das. Nicht aber weiß er offenbar, daß der Anfang des Glücks, der Anlauf zum Siege, kühner Mut ist. Er ist weder verwegen wie Achill, noch ungeduldig wie Herkules, noch gar übermütig wie Alexander. Nie setzt er sich auf ein rassiges Pferd; jede Rosinante, jeder alte Postgaul, jeder lahme Packesel ist ihm lieber. Den Moment holder Trunkenheit kennt er nicht; nichts weiß er vom Wahne der Begeisterung, von bacchantischer Lust. Seine Einbildungskraft hat keine Flügel; sie ist ein kriechendes Insekt. Er haßt die Übereilung; nie verfällt er diesem schönen Laster. Sein Fuß tritt immer fest auf. Er verliert nie einen Schuh im Gange. Nie auch hebt er dabei goldene Apfel auf. Nie, auch als Kind nicht, hat er sich die Finger verbrannt; nie sich, auch als Junge nicht, braun und blau gestoßen. Löwe und Adler kennen Geduld nicht; dem bekannten Müllertier ist sie sprichwörtlich zu eigen. Geduld ist des Philisters höchste Weisheit, seine Universalmedizin gegen jedes Übel.

Man möchte denken: alle Philisterseelen seien über eine einzige Allerwelts-Schablone gestrichen. Fabrikseelen! Einerlei Montur! Kennst du eine, so kennst du die ganze Philistergilde.

Der Philister tröstet gern; hat immer guten Rat für Andere, doch immer ist er ratlos in eigener Angelegenheit. Jener Ratgeber in Tiecks Phantasus ist ein Philister erster Klasse.

Ich gestehe: mir ist die Erfindung der Dampfkraft wichtiger als die gesamte moderne Literatur. Sie greift auch mehr ins Leben. Philister aber lieben keine neue Erfindung und keine Entdeckung: sie ziehen zu viele Veränderungen nach sich. Bekanntlich hat Pythagoras nach Auflösung seines berühmten Lehrsatzes den Göttern eine Hekatombe geopfert. Seitdem zittern alle Ochsen vor neuen Dingen.

Durch umfangreiche Studien habe ich mir ein Wörterbuch der Philisterredensarten angelegt. Nichts imponiert dem Spießbürger mehr als Floskeln und Phrasen folgender Art: die Fackel des Aufruhrs – der Reiz der Neuheit – die Hefe des Volkes – das rollende Rad der Zeit – der allein selig machende Glaube – gefährliche Aufklärung – grandiose Effekte – melodisches Organ – majestätische Abendbeleuchtung – ehrwürdiges Altertum – eine plastische Erscheinung – Fortschritt der Zeiten – süße Dämmerstunde usw.[1]

Der Philister gleicht der tönenden Schelle; er ist flach wie die Mongolei; er hat keine weiten, letzten Ziele und ein ödes Herz.

Ich lobe und preise dich, lieber Philister. Dich ziehe ich allen Anderen vor, weil ich mich immer ganz besonders wohl befinde, wenn du dich entfernt hast. Ich wünsche dir alles Gute. Glück auf den Weg! Nur leben mag und kann ich nicht mit dir und deinesgleichen.

---

[1] Diese gedankenlosen, abgegriffenen Redensarten wechseln wie die Mode. Heute (1928) beliebt der Spießer, wo er nur kann, zu sagen: prominente Personen, jemanden mit etwas betreuen, Ertüchtigung der Jugend, Auswirkungen, Farbe bekennen, sich auslösen, Kurven der Wirtschaft, tiefschürfende Untersuchungen, eine Sache wieder ankurbeln, Hinein in den Staat, von der Plattform der Borniertheit.

Der Spießer Die schönen Künste Die Literatur

Der Philister lehnt jedes Kunstwerk ab, das ihn in eine höhere, ja nur in eine ihm fremde Welt führen will.

Die schlimmste Sorte unter den Feinden der Enthusiasten ist die Gilde der Bildungsphilister. Von ihnen sagt Friedrich Nietzsche: Wie ist es nur möglich, daß ein solcher Typ entstehen und zur Macht eines obersten Richters über alle deutschen Kulturprobleme heranwachsen konnte?

Spaßig: nichts nimmt der Spießer dir mehr übel als wenn du ihm andeutest, daß er von Musik, Malerei, Plastik, Literatur und Kritik absolut nichts versteht. Er versteht tatsächlich nichts von dem allem; aber er will musikalisch sein, er setzt sich in die Sinfonie-Konzerte, er urteilt laut über ausgestellte Gemälde, er findet sentimentalen Kitsch immer wieder himmlisch, er kauft sich nie ein Buch, außer wenn es alle Welt lobpreist, und dem Theaterkritiker seines Leibblattes schwatzt er unentwegt das Dümmste nach.

Im Gegensatz zu solchen Kunstheuchlern ist es ergötzlich zu lesen, daß Bismarck gelegentlich eingestanden hat, eine italienische Drehorgel mache die ihm angenehmste Musik. Opernhaus und Konzertsaal seien ihm unbekannte Aufenthaltsorte. Von Instrumenten liebe er höchstens das Cello, weil es der Menschensprache ähnle. Unbegreiflich aber wäre es ihm, wie man die Verkörperung der Don-Juan-Gestalt auf der Bühne durch fette Tenöre hinnehmen könne.

Im Umgange mit Spießern, die über die Kunst schwatzen, ist es genußreich, ihre Ästhetik zu erkennen und sich ihrer ihnen gegenüber ironisch zu bedienen.

Es gibt ein entzückendes kleines Buch zur Einführung in die Kunstanschauung des Philisters, die: Satiren von Johann Hermann Detmold; beste Ausgabe die von Hanns Martin Elster (1920). Die Humoreske darin: Die schwierige Aufgabe, entstanden um 1842, gehört zu den Meisterstücken des deutschen Humors.

Wenn du endgültig feststellen willst, ob der oder jener in deinem Lebenskreise Spießer sei oder nicht, so gib ihm den unsterblichen Schelmuffsky (von Christian Reuter, 1696) zu lesen. Lehnt er dieses urwüchsige Buch ab, so ist ihm nicht zu helfen; dann ist er ein Stockphilister.

Der Spießer weiß, daß der universelle, wahrhaft freie, seiner selbst sichere Mann in der Kunst und Literatur nichts anerkennt, was ihm mißfällt, und daß er seine ureigene Meinung unbedenklich äußert, wo er sie äußern zu müssen glaubt. Trotz guter Beispiele wagt es kein Philister, selber nun auch ehrlich zu bekennen, was er liebt; er wagt es nicht aus Furcht, einen Bildungsgrad zu verraten, der jenem höheren Manne vielleicht inferior erscheinen könnte.

Wilhelm His, jetzt (1928) Rektor der Berliner Universität, einer unsrer ersten Ärzte, hat kürzlich in der Literarischen Welt auf die Frage: Was empfinden Sie als fremd in der neuen Literatur? – erklärt:

Sowohl die Form der Gestaltung wie die Form des Denkens. Schon Stefan George sagt mir nicht viel. Noch weniger seine Nachfolger. Unter der Hülle einer verschwimmenden Form, unter gebauschten, sprunghaften Gedanken findet sich – nichts. Aber es will mir scheinen, als ob sich hierin die Ratlosigkeit unsrer Zeit spiegle, jener Mangel eines letzten Zieles. ... Ich sehe in der neuen deutschen Literatur keine Probleme. Nur kleine und kleinste Problemchen. Probleme, das was wirklich diesen Namen verdient, trifft man viel eher noch in der fremden Literatur an. Mir scheint, daß dies alles, Form und Problem, damit zusammenhängt, daß die Neueren nicht erkannt oder vielleicht nur vergessen haben, daß das wahrhaft Große das Einfache ist.

Hundert Jahre zuvor meint Goethe einmal: Betrachtet man genau, was der deutschen Literatur gefehlt hat und immer wieder fehlt: ein Gehalt und zwar ein nationaler Gehalt. An Talenten war niemals Mangel.

Deutsche Charaktere, deutsche Probleme, deutsches Tun und Denken, deutsche Siege und deutsche Niederlagen, derart gestaltet, daß jeder ehrliche ausländische Leser sagen muß: Respekt vor diesen Männern und Frauen! Wenn ihre Urbilder wirklich in Deutschland zu finden sind, so bin ich fortan Freund dieser Nation.

Man prüfe die Helden in den angeblich besten Romanen und Dramen der deutschen Literatur seit 1898!

Wenn kluge und gelehrte Männer wie His unsre heutige Literatur ablehnen, dürfen wir da dem Spießer einen Vorwurf daraus machen, daß er sie gar nicht kennt?

Merkwürdig, in den drei letzten Jahrzehnten ist in Deutschland keine Dichtung erschienen, die Gemeingut der Nation geworden wäre. Vergeblich liest man die dreißig Namen der neuen Preußischen Dichterakademie durch. Volkstümlich im wahren Sinne ist darunter kein einziger.

Hat der deutsche Arbeiter, Bauer, Kaufmann, Handwerker, Soldat, Bürger, Edelmann, Ingenieur oder Künstler, jeden als typischen Stand genommen, seinen besondern Liebling unter den neueren Autoren?

Ein junger Edelmann gibt mir die Antwort: Münchhausen mit seinen Balladen sei jedem seiner Standesgenossen lieb und wert. Merkwürdig: in die preußische Dichterakademie ist Münchhausen, der drei Viertel der Aufgenommenen literarisch beträchtlich überleben wird, noch immer nicht berufen worden.

Wir haben zu viel Literaten-Literatur; und gewisse Literaturgeschichtler (Soergel zum Beispiel) geben sich unglaubliche Mühe, den Bücherhaufen der Raschverstaubten auch noch in dicken Schmökern zu rubrizieren, worauf der Bildungsphilister pflichtschuldigst, aber immer drei Jahre zu spät, auf den neugerühmten sterilen Ismus zu schwören beginnt.

Um sich im Innenleben der Spießbürger zurecht zu finden, muß man die Bücher kennen, die man bei ihm findet. Das Buch, das der Philister seinem Sohne zur Konfirmation am liebsten schenkt, ist noch immer der dreibändige Roman: Soll und Haben von Gustav Freytag.

Unwillkürlich fragt man sich: Ist seit 1855 tatsächlich kein andrer deutscher Roman hervorgebracht worden, der einem in das Leben Eintretenden Entscheidendes sagt?

Drei Romane repräsentieren im Jahre 1928 nicht den Geschmack der Gebildeten des deutschen Volkes, wohl aber den Geschmack dreier gepriesener Autoren und den Geschmack derer, die inmitten des allgemeinen Chaos das Amt der Kritik ausüben.

Es sind: Der Zauberberg von Thomas Mann – Der Fall Maurizius von Jakob Wassermann – und Der Streit um den Sergeanten Grischa; drei mordsdicke Werke.

Paul Valéry, der geistvolle Pariser Akademiker, sagt in seiner Antrittsrede (1927): Ein Buch ist ein Instrument des Vergnügens, will es wenigstens sein. ...

In Deutschland bedeuten Bücher offensichtlich etwas ganz anderes.

Eine Literatur für frohe und glückliche Menschen, für reiche liebenswürdige Müßiggänger, für die übermütige Jugend und für angehende Verschwender des Lebens ist uns Deutschen nicht etwa bloßes Brachfeld, sondern geradezu Terra incognita. Dem spielenden Reize gefälliger Unterhaltung wird fast nie ein Buch gewidmet; nur schwerfällige Romane entspringen schwerfälligen Köpfen. Wir suchen fröhlich Erlebtes und finden dunkel Gewebtes.

Wie kommt es überhaupt, daß vornehme, unabhängige Männer, oder vielfach Erfahrene, Offiziere, Diplomaten und Staatsmänner, bei uns so selten die Früchte ihrer Erlebnisse öffentlich kundgeben?

Es fehlt an Büchern für vornehme Menschen. Zur Vermeidung eines ärgerlichen Irrtums erkläre ich aber ausdrücklich, daß ich das Wort vornehm nie in der engen Bedeutung des Ranges, sondern immer in der wirklichen des Wertes gebrauche. Ich verstehe darunter das sichere Gefühl für das Schöne und Schickliche.

(Vaerst)

Untrügliches Zeichen wahrhafter Bildung ist in allen Ländern und zu allen Jahrhunderten die Art und Weise, wie der Einzelne mit der großen Literatur der Welt verknüpft erscheint. Verbunden damit ist die Lebhaftigkeit, man möchte sagen Leibhaftigkeit, und die Selbständigkeit, mit der ein Mensch die Vergangenheit, insbesondre die Vergangenheit seiner Nation kennt. Wie ganz wenige Deutsche zwingen sich die nötige Zeit ab, eine klare Vorstellung des deutschen Mittelalters, oder der Gründe der bewundernswürdigen Weltmacht Englands, oder der Wirkung des Genies Napoleon Bonaparte sich anzueignen. Wie wenige wissen, wie wechselnd der Grad der persönlichen Freiheit eines Fürsten, eines Edelmannes, eines Gelehrten, eines Kaufmannes, eines Arbeiters gewesen ist, an gewissen Zeitwenden, z.b. um 1525 (zur Zeit der Bauernkriege), um 1648 (am Ende des unseligen Religionskrieges), um 1780 (beim Tode der Maria Theresia), oder 1862 (zu Beginn der Macht Bismarcks). Das ist Bildung, und solche möglichst an den Quellen erworbene Kenntnisse reinigen von der Verbitterung, der politischen Ungeduld und der bornierten Kannegießerei der Stammtische und Parteiblätter. Weltgeschichte ist das Scheidewasser der Dummheit; Volksgeschichte ein Evangelium der Duldsamkeit. Der große Europäer Napoleon I. glaubte an die Zukunft der Deutschen, wobei er keinen Unterschied machte zwischen Preußen und Bayern, Österreichern und Schweizern.

Der anonyme Aufsichtsrat, der dem deutschen Leser seit dreißig Jahren die russische Literatur aufzudrängen sucht, hat nicht geringe Erfolge zu verzeichnen. Keine Volksbibliothek hat sich diesem Einflüsse entzogen. Auch der Spießbürger, soweit er überhaupt Bücher kauft, liest und kennt, hält sich für verpflichtet, ehrfürchtiger von den ihm gepriesenen Russen zu sprechen als von wesentlich wertvolleren heimischen Dichtern.

Seien wir offen!

Sind wir auf uns selbst eingestellte Westeuropäer oder östliche verblödete Barbaren?

Wenn wir von den fünf berühmten Russen: Puschkin, Gogol, Turgenjew, Tolstoi und Dostojewski je eines ihrer Werke kennen und gut kennen, so genügt dies.

Die zweite Klasse (Gorki zum Beispiel) hat dem gebildeten deutschen Manne absolut nichts Großes zu sagen.

Es gibt ein amüsantes Buch: Der Idiotenführer durch die russische Literatur (München 1925) von Sir Galahad (Pseudonym [Bertha Eckstein-Diener. Re]). Der Verfasser übertreibt zuweilen; aber im Kern hat er Recht. Sein Buch ist ein wirksames Mittel gegen eine unselige Massensuggestion.

Galahad sagt von Dostojewski: Mit der Inthronisierung des Idioten-Ideals in der russischen Literatur begann die systematische Welthetze gegen den aristokratischen Menschen, gegen die Vornehmheit als Qualität.

Der Wissenschaft, die sich ästhetisch, kritisch, biographisch, historisch mit Künstlern und Kunstwerken beschäftigt, hängt unleugbar etwas Philisterhaftes an, zumal wenn sich Stubengelehrte und Strengzünftige hören lassen, drollige Leute, die sich für unfehlbar halten. Was kommt dabei heraus? Die Musiker, die Maler, die Dichter, die intuitiven Gestalter lesen diese Gelehrtenbücher zu ihrem Glück nicht; was könnten schöpferischen Geistern jene Impotenten verkünden? Und wie erstaunlich rasch veraltet jede Theorie. Keine Literaturgeschichte hält sich länger als zwanzig Jahre; was Spezialisten über moderne Maler schreiben, ist nach zehn Jahren Unsinn; und in der Musikgeschichte bleiben nur Werke geltend, die sich musikalischer Analysen enthalten. Am lächerlichsten wirken in gelehrten Büchern die polemischen Stellen. Kurzum, eine gute Künstler-Biographie, die am Leben bleiben will, darf nicht verraten, auf welcher Welle des ewig wechselnden Geschmacks der Menschheit sie entstanden ist. Leider kommt man spät auf die Weisheit, daß man so zeitlos wie nur möglich darstellen muß.

In einer Besprechung von Bernard Shaws Buch Über die Aussichten des Christentums steht zu lesen: Die Literatur kann den Bürger nicht ändern; für ihn ist sie nur da zum Zeitvertreib. Ehedem nahm er sie ernst und ihm feindselige Randglossen von Skribenten erwiderte er mit radikalen Maßnahmen. Ketzerische Schriften ließ er verbrennen. Heutzutage genügt es ihm, daß er eine bestimmte Grenze gezogen hat. Jenseits des Stacheldrahts seiner heiligen Interessen dürfen sich die

Leute der Literatur nach Herzenslust austoben. Er schaut zu, wenn es ihm paßt, läßt sich belustigen, applaudiert mitunter, zahlt sogar. Märtyrer macht der Bürger nicht mehr. In Deutschland, im Lande der Polizisten und Denunzianten, kann jeder alles auf allerlei Art schreiben. Aber, wie gesagt, wirklichen Einfluß hat heute kein deutscher Schriftsteller.

Neuerdings haben gewisse Literarische Zeitungen den Unfug ausgeheckt und eingeführt, sogenannte Best-Seller-Listen zu veröffentlichen. Die Provinzpresse beeilt sich, sie gehorsamst zu verbreiten; und beschränkte Sortimentsbuchhändler schwören auf sie wie aufs Evangelium. Verfolgt man diese moderne Reklame eine Zeitlang, so ergibt sich ein bestimmter Verlegerkreis.

Der Frondeur tut gut, die angepriesenen, angeblich wunderbaren Bücher grundsätzlich nicht zu beachten.

Haben Literarische Zeitschriften nicht eigentlich den schönen Zweck, unbeeinflußt auf Bücher hinzuweisen, die ihren Lesern vielleicht entgangen sind, gerade weil sie nicht in jenem prominenten Verlegerkreise zur Welt gekommen sind?
Drollig übrigens, daß diese lieben Leute für ihren Humbug keinen deutschen Namen gefunden haben.

Die im Jahre 1927 in Frankfurt am Main zustande gekommene Ausstellung: Die Musik im Leben der Völker hat einschließlich aller Nebenveranstaltungen trotz ansehnlicher Zuschüsse vom Reiche, von der Stadt, von Körperschaften und Kunstfreunden einen Fehlbetrag von weit über einer Million Reichsmark ergeben. (Siehe Dresdner Anzeiger vom 10. April 1928.) Ein verarmtes Volk wie das unsre, das noch Milliarden Kriegsschulden zu tilgen hat, sollte eine derartige Verschwendung nicht begehen. Ähnliches wäre dem besiegten, aber zielbewußten Frankreich nach 1871 nicht eingefallen.

Übrigens beweist dieser riesige Fehlbetrag, daß der heutige Massenmensch, dazu nicht bloß der Philister, sondern auch der freiblickende Einzelgänger, den der moderne Kunst- und Ausstellungsbetrieb anekelt, auf die Musik im Leben der Völker pfeift. Musik ist Privatsache.

Hutten, Luther, Dürer, Goethe, Bismarck, Schopenhauer – um nur große Führer zu nennen – waren starke Individualisten. Sie sind es, die dem Deutschen immer wieder in der Fremde ein Häuflein guter Freunde werben.

Heute wird der deutsche Individualismus auf zwei langen Fronten bekämpft. Einmal von denen, die Europa amerikanisieren wollen. Die Führung in Deutschland haben hierin die fünf Gebrüder Ullstein mit ihren alles nivellierenden dreißig Zeitungen.

Auf der andern Front droht der Bolschewismus; weniger gefährlich übrigens, solange der deutsche Michel ein wenig auf der Hut ist. Jedermann weiß, was gemeint ist.

Diese zwei Geistesströmungen branden vor allem gegen die deutsche Jugend. Die spießbürgerliche Elternschaft riecht, hört und sieht natürlich nichts. Hin und wieder aber verrät es ein Schulmeister, der sich gern öffentlich reden hört.

So las man jüngst in einer der Dresdner Tageszeitungen an augenfälliger Stelle den Aufsatz eines Dr. phil. T*** über den angeblichen Nutzen der mehrtägigen Schulwanderungen; jedem Schüler aus höherem Milieu sind sie ein Greuel voll Dreck und Zwang.

Nach dieser Offenbarung – so stand zu lesen – liegt der erzieherische Sinn dieser mehrtägigen Zigeunerfahrten darin: Völlige Unabhängigkeit von der Mutter Schürzenband – das Gefühl der Verbundenheit mit der Masse – eine Fülle von Gelegenheiten, den kleinen Ichmenschen zu sozialem Tun zu zwingen – die Klassen zu einem Ganzen (Kollektivum) zusammenzuschweißen.

Das Wort zwingen kehrte im Aufsatze des pp. immer wieder; übersetzen wir es einfach mit Terror.

Spießbürger im Spiegel der Zeiten

Worte Schopenhauers: Schon durch den Abfall vom Papste hat die Reformation das europäische Staatengebäude erschüttert, besonders aber durch Aufhebung der Glaubensgemeinschaft die wahre Einheit Deutschlands aufgelöst, die später, da sie faktisch auseinander gefallen war, durch künstliche, bloß politische Mittel wiederhergestellt werden mußte.

Für ihre Urheber eine blamable Tatsache: die deutsche Revolution hat es nicht fertig gebracht, das Reich zur völligen Einheit zu erheben und auszugestalten. Ämter und Pfründen zu erhaschen, lag jenen kurzsichtigen Umstürzlern mehr am Herzen. Im November 1918 wäre es leichtes Spiel gewesen, einen wirklichen Einheitsstaat fest zu begründen.

Zeigner, der sächsische Robespierre, der keinem Parteigenossen etwas abschlug, es sei denn, der Bittsteller vergaß, seinem Gesuche die obligate zwölfpfündige Gans beizufügen, hatte eine eigentümliche fanatische Leidenschaft. Wo er eine Königskrone erblickte, an Staatsgebäuden, Denkmälern, Wegesäulen und sonstwo, ließ er sie schleunigst abschlagen, auskratzen, vernichten, wozu ein besonderes Vollzugs-Kommando aufgestellt worden war. Eintausendundzwei Königssymbole, zumeist aus vergoldetem Sandstein oder aus Erz, sind ihm allein in Dresden zum Opfer gefallen. Schon war der amtliche Befehl erteilt, auch am Zwinger, dem Prachtbau Augusts des Starken, die Kronen über den Pavillons zu guillotinieren, da rückten die Preußen in die alte Königsstadt, und die Sowjethelden verschwanden schleunigst in der Versenkung. Zu den Tausendunddrei hat es der Gänsefreund gottlob nicht gebracht.

Bismarck hatte Anlaß, im Reichstage vom 10. März 1873 zu erklären: Es handelt sich nicht, wie unsern katholischen Mitbürgern eingeredet wird, um den Kampf einer evangelischen Dynastie gegen die katholische Kirche; es handelt sich nicht um den Kampf zwischen Glauben und Unglauben.

Es handelt sich um den uralten Machtstreit, der so alt ist wie das Menschengeschlecht, um den Machtstreit zwischen Königtum und Priesterschaft, den Machtstreit, der viel älter ist als die Erscheinung unsers Erlösers auf dieser Welt, den Machtstreit, in dem Agamemnon in Aulis mit seinen Sehern lag, der ihm dort die Tochter kostete und die Griechen am Auslaufen hinderte, den Machtstreit, der die deutsche Geschichte des Mittelalters bis zur Zersetzung des Deutschen Reichs erfüllt hat, unter dem Namen der Kämpfe der Päpste mit dem Kaiser, der im Mittelalter seinen Abschluß damit fand, daß der letzte Vertreter des erlauchten schwäbischen Kaiserhauses unter dem Beil eines französischen Eroberers auf dem Schaffot starb, eines Franzosen, der im Bündnisse mit dem damaligen Papste stand.

Schon Marat spricht davon, man müsse dem Sonderstaate des Geistes den Krieg erklären.

Was wollte er damit?

Alle Bürger einer Stadt, einer Nation, eines Kontinents, der ganzen Welt einander geistig gleichmachen.

Was dabei herauskommt, sieht man an den Bürgern der U.S.A. Die hundertundzehn Millionen Menschen in den Vereinigten Staaten verzichten auf jede Einzelmeinung, sowie das Sternenbanner hochgezogen wird, der Anlaß dazu mag noch so töricht sein.

Der Verfasser des Wahlspruches: Noblesse oblige! – der Marschall Pierre Herzog von Lévis – hat einmal gesagt: Wer einer berühmten alten Familie angehört, muß seinem Sohne vor allem beibringen, daß die Nation, auch wenn sie geneigt ist, Verdienste Einzelner durch Jahrhunderte zu ehren, immerhin erwartet, in den Enkeln und Urenkeln großer Männer deren charakteristisches Urbild deutlich zu erkennen.

Der gute Deutsche, den das ruhmsüchtige Gebaren gewisser Akrobaten anwidert, darf sich zum Glücke seiner Treue zur Tradition am vornehmen, zurückhaltenden, zielbewußten Wesen des Dr. Eckener und der Kapitäne seines neuen Schiffes Graf Zeppelin trösten. Sie wahren Huttens ersten Wahlspruch (sein zweiter und letzter lautete: Ich hab's gewagt!): Sinceriter citra pompam! Deutsch: Lauter und lautlos!

Der Generaloberst von Seeckt, unser Turenne, schreibt in seinen Gedanken eines Soldaten (1928): Der erfahrene, wissende Soldat fürchtet den Krieg weit mehr als der Phantast, der, ohne den Krieg zu kennen, nur vom Frieden spricht. Will man diese Einstellung Pazifismus nennen, so mag man es tun. Es ist dies ein Pazifismus, auf Wissen aufgebaut und aus Verantwortungsgefühl geboren; aber es ist kein Pazifismus nationaler Würdelosigkeit. Gerade der Soldat wird alle Bestrebungen begrüßen, die auf Verminderung der Kriegsmöglichkeit zielt. Der Soldat zieht nicht auf die Gasse unter dem Schlagworte: Nie-wieder-Krieg!, weil er weiß, daß über Krieg und Frieden höhere Gewalten entscheiden als Fürsten, Staatsmänner, Parlamente, Demagogen, Verträge und Bündnisse; nämlich die ewigen Gesetze des Werdens und Vergehens der Völker.

Der Pazifist gehört an die Laterne, und wenn es auch nur eine moralische ist!

Ich lese das soeben erschienene, erschütternde Buch: Giftgas-Krieg vom Major Franz Karl Endres (Zürich 1928). Der deutsche Spießbürger hat niemals eine richtige Vorstellung vom Kriege gehabt; vom Kriege der Zukunft ahnt er aus Angst und Dummheit absolut nichts.

Nehme er auf drei Minuten die ererbte Nachtmütze ab und höre er diesen ernsten Gewährsmann:

Man kann heute vom militärischen Standpunkte aus leichter Krieg führen als 1914. Man braucht die Zustimmung und Mithilfe des ganzen Volkes nicht mehr so sehr wie im Weltkriege.

Man massakriert die Masse durch Gas, das man aus Flugzeugen herabwirft, zu Hunderttausenden, und schließt den gewollten Frieden auf dem Leichenfelde des feindlichen Volkes.

Immer gefährlicher wird der Raubtierstand gewisser Gruppen innerhalb der Kulturvölker.

Überlegenheit an Kraft wird nicht mehr durch Überlegenheit an Zahl, sondern durch Überlegenheit an maschineller Wirkung zu erreichen versucht.

Der waffentechnischen Entwicklung wird die Krone aufgesetzt durch Erfindung eines neuen Kampfstoffes, der die Atemluft in weitem Umkreise der Wirkungsstelle vergiftet: des Gases.

Der Krieg ist dreidimensional geworden. Die Folge ist, daß die ganze Heimat zum Schlachtfelde wird.

Wir können am Faktum nicht mehr vorübergehen, daß es einem Dutzend Flugzeuge möglich ist, eine Großstadt in Trümmer zu legen.

Das erste Objekt der dreidimensionalen Kriegsführung ist der Nichtkämpfer. Er wird zu Millionen hingemetzelt.

Wenn es nur einem einzigen feindlichen Gasgeschwader gelingt, überraschend Berlin zu überfliegen und nur eine halbe Stunde planmäßig darüber zu wirken, so lebt im Raume von Groß-Berlin niemand mehr.

Der Angriff mit konzentrierter Kraft ist stets der Verteidigung überlegen. Man wird nach den ersten schlechten Erfahrungen überhaupt auf Luftverteidigung verzichten und versuchen, seinerseits die feindliche Heimat (das weite ungeschützte Land hinter der feindlichen Front) anzugreifen.

Hierzu sagt der erste Sachverständige Deutschlands (Seeckt): Die Technik arbeitet auf beiden Seiten. Es ist falsch, vom Siege des Materials über den Menschen zu sprechen. Das Material hat über die Menschenmasse, nicht über den Menschen selber gesiegt. Als neues Erfordernis gegen die neue Kriegsgefahr entsteht die Vorsorge für die passive Sicherheit der Lebenszentralen eines Landes, die kostspielig und unbequem ist. Daß bei uns in Deutschland, wo uns die aktive Luftverteidigung versagt ist, für den passiven Schutz nichts, aber auch gar nichts geschieht, ist schwer zu verstehen und schwerer zu verantworten.

Kein Volk will den neuen Krieg, und doch kennt man die hundert Staatsmänner in Europa, die alles tun, ihn zu entflammen. Dagegen gibt es nur ein einziges Mittel, würde Macchiavell sagen: Man unterhalte einen Leonidas und dreihundert Spartaner, die diese hundert Verbrecher schon im Frieden auf Schritt und Tritt bewachen und im Falle einer Krise keine Minute zögern, Bestien in Menschengestalt niederzudolchen.

Der 1927 verstorbene amerikanisch-deutsche Schriftsteller Georg Scheffauer schreibt in seinem letzten Buche:

Den subalternen, provinzlerischen Deutschen fehlte (in der wilhelminischen Zeit) der persönliche Stolz, das tiefe aufbauende Bewußtsein, einem großen Herrenvolk anzugehören, die trotzige belebende Empfindung des Freiseins, das angeborene Gefühl eines wirklichen oder eingebildeten Vorranges vor andern Völkern. Der Deutsche war es zufrieden, der loyale Untertan, der gehorsame, philiströse Bürger zu sein, eingelullt durch das Opiat einer dumpfen, bequemen, seelenmordenden Behaglichkeit. Fettleibigkeit ward zum Fluche der Rasse und Nation, und die übrige Welt fand dies beinahe gleichbedeutend mit dem Begriff Deutsch. Das Ideal einer volklichen und rassenhaften Schönheit erstickte in einer allgemeinen Wurstigkeit, die das Alltägliche und Unansehnliche großzog.

Die Deutschen in den Tagen eines Goethe und Schiller, eines Fichte und Stein, zur Zeit der Burschenschaft, in der Biedermeier-Ära, im Zeitalter eines Lassalle, eines E. Th. Hoffmann trugen den Stempel feinerer Geister und die äußeren Merkmale größerer persönlicher Vornehmheit und eines stärker ausgesprochenen Charakters. Die Züge des Adels, des Bürgertums, der Handwerker und der Bauern waren in klareren Umrissen, in besseren Proportionen gemeißelt. Die Gelehrten, Soldaten, Musiker und Träumer jener Tage waren wirklich Niederschlag des Volks der Dichter und Denker, des Volks einer soldatischen Heldentradition. Sie waren größer, schlanker; ihre Köpfe von edler Form; ihr Haar voll und weich; ihre Haltung aufrecht und voller Würde. Dieser Typ ist so gut wie verschwunden. Er hätte sich dem Begriff germanischer Mannesschönheit verwandt erklären dürfen:

der hehren vergeistigten gotischen Schöne des berühmten gekrönten Reiters im Dom zu Bamberg, des Königs Konrad.

Der deutsche Dichter und Denker Werner von der Schulenburg sagt in seinem schönen Essay: Deutscher Adel und deutsche Kultur (in den Süddeutschen Monatsheften, Februar 1926):

Was der Adel in früheren Zeiten, bis zu den Schicksalsjahren 1866 bis 1870 geleistet hat, ist so groß, daß man sich die deutsche Kultur ohne ihn nicht vorstellen kann. Vom Jahre 870 bis zum Jahre 1870 ist die Zahl der kulturell wirksamen deutschen Adligen Legion. Die Minnesänger, Mystiker, Humanisten, die Geister der Reformation und Gegenreformation, die Aufklärer, die adligen und fürstlichen Mäzene, das ist eine gewaltige Reihe, die man freilich nicht immer ohne Bitternis durchfliegen wird. Auch die Adligen sind an den hochwertigsten Standesgenossen vorbeigegangen.

Die entscheidende Rolle des Adels in der Romantik war sein letzter Versuch. Das so vorbereitete Volk war noch im Stande, das Reich aufzubauen. Schon 1918, nach nur achtundvierzig Jahren, kam die Katastrophe. Sie war begründet im Wohlstand und der darauffolgenden geistigen Faulheit der führenden Kreise. Nach den politischen Erfolgen von 1870–71. kam man von der großen Linie ab. Seit der Reichsgründung begnügten sich die zur kulturellen Führung Berufenen mit äußeren Erfolgen. Das Reich versank.

Vor vielen Jahren stand in einer großen demokratischen Zeitung, es sei so recht, daß Fremdstämmige den Deutschen die kulturelle Führung entrissen hätten, daß Theater, Musik, Literatur und Zeitungen in die Hände von Fremden übergeglitten seien, denn die eigentlichen Deutschen hätten sich längst nicht mehr darum gekümmert.

Seien wir offen: Es geschah den Deutschen recht; sie büßen es bitter. Es geschah insbesondere dem Adel recht. Noch heute ist er ohne Verständnis für die dringende Notwendigkeit, Volksbildungs-, nicht Propaganda-Institute zu schaffen, ohne Verständnis für die Notwendigkeit, zunächst kulturell, nicht aber politisch zu wirken. Adel und Bürgertum glauben, die Kultur mit dem bedenklichsten Instrument wieder erwischen zu können: mit der Zeitung. Die Zeitung ist nur kulturfördernd, wenn eine große gefestigte Kultur dahintersteht. Sonst ist sie wieder nur ein politisches Instrument – und es ist nichts gewonnen.

Erst wenn wieder eine größere Anzahl von jungen gebildeten Edelleuten vorhanden ist, wird der Adel in kurzer Zeit von neuem eine führende Rolle im geistigen Leben der Nation haben. Die so Durchgearbeiteten (wissenschaftlich Erzogenen) können nicht exklusiv, dummstolz, fanatisch, bigott oder lebensfremd werden. Sie müssen mit dem Volke Fühlung nehmen. Sie werden automatisch die Gegner derer, die das deutsche Kulturleben untergraben. Sie wollen nicht nord- oder süddeutsche, sondern deutsche Kultur.

Die größte Groteske unsrer so freudelosen Zeit ist für den resignierten Vaterlandsfreund die Unterzeichnung des sogenannten Kelloggpaktes in Paris, die der Welt tags darauf, an Goethens Geburtstage, durch die Presse kundgegeben worden ist, am 28. August 1928. Unbezahlbar wäre es gewesen, hätte man in der Tarnkappe der Unterredung der Herren Poincaré und Stresemann beiwohnen können. Ich weiß nicht, ob der große Fuchs der Franzosen die deutsche Sprache einigermaßen spricht und ob der Erkorene Germaniens die Sprache der Hauptstadt der europäischen Intelligenz beherrscht, aber köstlich müßte dies Erlebnis gewesen sein. Fünf Viertelstunden haben sich die beiden Don Quichotte einander gegenüber gesessen!

Der Spießer, der davon in seinem Leibblatte las, war tief ergriffen.

Acht Tage zuvor war Frankreichs Große Armee der künftige Landsknecht Englands geworden.

Und nochmals der Generaloberst; er beginnt sein genanntes Buch mit dem Satze: Drei Dinge gibt es, gegen die der menschliche Geist vergebens ankämpft: die Dummheit, die Bürokratie und das Schlagwort.

Hoffen wir, daß Seeckts Buch der Jugend Deutschlands mehr bedeutet als Gerhart Hauptmanns sämtliche Werke, von denen soeben ein Berliner Literarhistoriker (Engel) allen Ernstes schreibt, alle Gestalten darin wären derart, daß im Leben jedermann einen Bogen um sie machen würde, um mit diesem schlappen Gesindel nicht in persönliche Berührung zu geraten.

Nicht auf die Bücher kommt es schließlich an, die einer schreibt, sondern auf den wirkenden Geist, der sie diktiert.

Noch eine Spießbürgergeschichte

Fröhliche Randbemerkung

Gegen Weihnachten 1920 baten mich die Dresdner Nachrichten, das Blatt der sächsischen Royalisten, ihnen für eine Weihnachtsbeilage der Dresdner Dichter und Autoren eine nette kleine Geschichte zu schreiben. Heiterem Einfalle folgend, schrieb ich diese harmlose Historiette; ahnungslos aber versetzte ich die Schriftleitung in das größte Dilemma. Unmöglich, schrieb man mir zurück, unmöglich können wir Ihre amüsante Satire drucken. Unmöglich! Liest S. M. das Ding, so kann er es uns übel nehmen; und liest Storz die Geschichte, was wird er uns antun? Und Sie, lieber Herr Doktor, haben Sie gar keine Angst um Ihr schätzenswertes Leben? Wir schlagen Ihnen daher ganz ergeben vor: Ändern Sie das alles! Lassen Sie Serenissimum weg; lassen Sie Storz fort; schonen Sie die ehrenwerten Gritzengrüner! Wir werden Ihnen gern das siebenfache Honorar zahlen. – Leider, leider, ich habe mir das siebenfache Honorar verkneifen müssen.

Die verwandelten Denkmäler

Weiß der Deibel, wie es gekommen war: das vogtländische Bergstädtchen Gritzengrün besaß seit zweihundert Jahren eine Sehenswürdigkeit, eine einzige ältere wirkliche Sehenswürdigkeit – von den jüngeren wollen wir nicht reden –, ein wunderschönes Denkmal aus Erz, darstellend den hochseligen, wegen seiner 365 Kinder und auch sonst, als Erbauer des Zwingers zum Beispiel, in aller Welt berühmten Kurfürsten und König August den Starken. Die Siebzigjährigen im Ort erzählten, ihre Großmütter hätten bezeugt, das Bild stelle den erlauchten Herrn vor, wie er leibte und lebte; und es liegt keinerlei Anlaß vor, an dieser Überlieferung zu zweifeln. Der Polenkönig stand mitten auf dem miserabel gepflasterten Markte gegenüber dem malerischen, niedlichen Rathause auf verwittertem, bemoostem Steinsockel, dessen ehedem dukatengoldene Inschrift noch immer deutlich genug verkündete:

AUGUSTUS REX
ETIAM HIC FORTUNATUS
X. IX. anno Domini MDCCXX

Was zu deutsch heißen dürfte: König August war auch hiesigen Orts ein glücklicher Mann.

Der stattliche Fürst war zu Fuß in Jagdtracht und leutseliger Haltung postiert. Offenbar hatte er sich dazumal im meilenweiten Walde über der Stadt auf der Sauhatz weidlich belustigt, nicht minder hinterher im Jagdquartier beim Hofforstmeister, der im alten Schlosse zu Gritzengrün seinen Amtssitz hatte. Kurz und gut, ein Jahr nach huldvoller Anwesenheit hat Augustus Rex zum ewigen Gedächtnis an sein Waidmannsglück der ehrbaren Bürgerschaft sein Standbild in voller Größe allergnädigst gestiftet. Genaueres über den 10. September im Jahre des Herrn 1720 weiß niemand, leider, und auch in der 1830 von Gottfried Steifhuhn, weiland Pfarrer in Gritzengrün, erbaulich verfaßten und gedruckten Chronik von Gritzengrün stehen hierüber nur devote Andeutungen; aber entschieden ist infolge besagten glücklichen Herbsttages vor zwei Jahrhunderten ein epikureischer Einschlag – um es diskret auszudrücken – im Temperament der Gritzengrüner und insbesondere der schönen Gritzengrünerinnen unverkennbar. Und, wie dem auch war, die Gritzengrüner hängen seit nun sieben Generationen treu und dankbar an ihrem unvergeßlichen Landesvater und Schutzpatron. Sein Denkmal ist längst zum Wahrzeichen der Stadt geworden und in das Amtssiegel aufgenommen. Hundert berühmte und unberühmte Maler haben das Standbild gezeichnet und gemalt; Scheffel und Baumbach, Will Vesper und Börries v. Münchhausen es in unsterblichen Liedern und Balladen verherrlicht.

Es prangt auf allen Ansichtspostkarten, die je in Gritzengrün verfertigt worden sind. Und während des Großen Krieges, – der bei den immer streitlustigen Vogtländern trotz dem wasserscheuen Nie-wieder-Krieg! der Herren Pazifisten in hohem Angedenken steht –, wenn damals ein Gritzengrüner im Schützengraben von seiner fernen schönen Heimat träumte, an der dreckigen Somme oder im unseligen Flandern, da hat es der göttliche Kurfürst selten versäumt mitzuerscheinen, war er doch mit dem Bilde der traulichen Stadt untrennbar verbunden.

Im Frühjahre 1918 drohte der Stadt das schrecklichste Mißgeschick, das man sich damals, zu einer Zeit, die noch die Tradition ehrte und liebte, nur ausdenken konnte, und es ward als Glück für alle Zukunft gedeutet, daß die Hand der gütigen Vorsehung unsagbaren Verlust gnädig abwandte. Eines schwarzen Tages nämlich, am 10. April, traf in schäbigem Umschlag ein Schreiben aus Preußisch-Berlin beim Magistrat ein, unterzeichnet mit: Midas Rosenthal, wonach die Deutsche Denkmals-Verwertungs-Gesellschaft m.b.H. zu Berlin-W 99 dekretierte: die hochwohllöbliche Stadt Gritzengrün habe das daselbst nachweisbar vorhandene Bronze-Standbild weiland Augusts des Starken binnen acht Tagen portofrei anher einzusenden. Berufung sei unzulässig.

Ein Extrablatt – seit langem war wegen Mangels an Papier und hoffnungsvollen Taten keines mehr erschienen – gab die Hiobspost der bis ins Mark erschrockenen Bürgerschaft kund und zu wissen. Und noch selbigen Abends fand im Weißen Roß eine stark besuchte Protestversammlung statt. Angesichts der Gefahr, in der das vielgeliebte Königsbild schwebte, kannte man wie dereinst vor vier langen, schweren Schicksalsjahren keine Parteien. Wer die Deutschen versteht, weiß, was das bedeutet. Kamele gehen tausendmal eher durchs Nadelöhr als der dumme deutsche Michel durch das Tor der Einheit. Sogar die Spießbürger der Stadt, die sich selten öffentlich äußern, bildeten einen Ausschuß, an ihrer Spitze der Apotheker Hans-Joachim Bullmeyer. Unter endlosem Beifall erklärte der erste Redner, der redselige Studienrat Dr. phil. Hellmut Rogge, bis zum Jüngsten Tage, der im Vogtlande vier Wochen nach dem allgemeinen Weltuntergange anzusetzen sei, werde sich die, ihres hohen Sonderwertes allezeit bewußte Stadt Gritzengrün niemals so weit vergessen, daß sie das Symbol ihrer alten ehrwürdigen Vergangenheit, das hehre Vermächtnis ihres angestammten Fürsten und Schutzherrn, einer offensichtlichen Raubgesellschaft ausliefere. Und wenn es zur blutigen Feldschlacht der Bürgerschaft mit der Deutschen Denkmals-Verwertungs-Gesellschaft m.b.H. in Preußisch-Berlin unter dem Generaldirektor Midas Rosenthal kommen sollte: nie und nimmer werde die alte Stadt ihre wohlbehüteten Tore freiwillig öffnen. Eine Stadt mit Tradition wie Gritzengrün gibt ihren Augustus Rex nicht heraus.

Am andern Tage fand eine öffentliche feierliche Gesamtsitzung der sieben Stadträte und dreizehn Stadtverordneten unter dem Vorsitze des Bürgermeisters Fridolin Piepmeyer statt. Auf einen Krieg im Kriege aber wollte man es trotzalledem nicht ankommen lassen, und so ward einstimmig beschlossen, das genannte allverehrte Stadtoberhaupt solle unverzüglich nach der sieben Bahnstunden entfernten Residenz des Landesherrn eilen und bei Seiner Majestät eine Audienz erwirken, um das Standbild seines hohen Vorfahren von 1720 zu retten.

Am 13. April 1918 stand Fridolin Piepmeyer, in höchster Erregung, Frack und weißer Binde, die goldne Stadt-Ehrenkette unterm Kinn, den Landespiepmatz, das Ritterkreuz Albrechts des Verstopften erster Klasse mit der Krone, auf steifgebügelter mutiger Brust, im Audienzsaale des Schlosses der Wettiner und trug dem Vater des Volkes seinen auswendig gelernten, nichtsdestotrotz begeisterungsdurchloderten Appell bedrängter treuer Untertanen der Allerhöchsten Huld und Gnade und dem wie allbekannt noch höheren, unfehlbaren Kunstsinne des Monarchen zugunsten des selig verblichenen Augustus Rex zu Gritzengrün alleruntertänigst vor. Piepmeyer schloß mit den heimatsliebeglühenden Worten: In tiefster Not wendet sich die sterbensunglückliche altsächsische Stadt an Eure hochverehrte Königliche Majestät, um ein uns Gritzengrünern seit zweihundert Jahren ans Herz gewachsenes erhabenes Denkmal der Nachwelt und dem Ruhme des verehrten Königshauses zu retten.

Tränenden Auges ging der Bürgermeister sodann in das vorgeschriebene höfische Schweigen über.

Nu, sagte Majestät mit dem unerschütterlichen Gleichmute Jupiters in den Wolken, Euer Dings da auf Eurem Markte kenne ich natürlich. Vom letzten Auerhahne her. War ein Prachtkerl. Der Auerhahn. Und in Anbetracht Eurer langen Rede sollt Ihr Euren August den Starken behalten, solange es dem lieben Gott gefällt. Das heißt: ich muß natürlich den Hofrat vom Gipsmuseum erst einmal hören, und den Oberschafskopp vom Verein zur Erhaltung der heimatlichen Denkmäler. Verehrtester, wenn er nämlich bloß sozusagen historischen Wert hat. Euer Augustus Rex, dann wird er ohne Erbarmen eingeschmolzen und zu Granaten verwandelt. Ich und der liebe Gott werden da nicht weiter gefragt. Eilts denn überhaupt so?

Majestät, binnen acht Tagen muß unser August portofrei nach Berlin-W 99.... Wir müßten gerade noch einmal an den Generaldirektor Midas Rosenthal telephonieren.

Nee, nee, Herr Bürgermeister, vorläufig machen wir unsern Kram noch alleene. Ich bestimme, das heißt: Verehrtester, setzen Sie sich mal dort unter die große alte Marcolini-Vase, nehmen Sie sich eine Virginia da aus dem Zigarrenkasten, rauchen Sie sie mit Verstand (die Marke kriegen Sie nirgends zu. koofen!) und warten Sie, bis der Gipsfritze kommt! Mit dem können Sie die Sache abmachen. Für Berlin bin ich natürlich nicht. Also, auf Wiedersehn, Herr Bürgermeister, beim nächste Auerhahn in Ihrem schönen Forste! August ward gerettet.

Ganz Gritzengrün schwamm in Freude. Lorbeer und Myrte ward um die Bronzestirn des Unvergleichlichen gewunden. Aber, aber, im dunklen Schöße der Zukunft dämmerte der Stadt und dem Denkmal ein viel, viel größeres Unheil.

Etwa zwei Jahre später traf eines Morgens in der Frühe und im Auto, umringt von zwölf unrasierten Genossen, alle mit Stahlhelmen und Handgranaten, der berüchtigte Räuberhauptmann Storz vor dem Ratshause von Gritzengrün ein, um sich seine schwindsüchtige Kasse aufzufüllen. Bürgermeister und Stadtkassierer wurden durch Eilboten vorgeladen; in Schlafrock und Galopp mußten sie den Familienkaffeetisch verlassen und sich im großen Ratssaale zur Stelle melden.

Um die richtige Stimmung unter den Spießbürgern zu erzeugen, hatte Storz inzwischen die Rokoko-Villa des Herrn Kommissionsrats Kriechmeyer angockeln lassen.

Nach rascher Verhandlung sackte der neue Rinaldini 30 000 Mark ein, die er höflichst ausbezahlt bekam, selbstverständlich gegen die übliche Empfangsbescheinigung. Ordnung muß sein, auch wenn ein Staat zusammenkracht. Auch ließ Fridolin Piepmeyer es sich nicht nehmen, nach erledigter Zeremonie den Herrn Brandschatzer persönlich bis zur kleinen Freitreppe vor dem Ratshause zu geleiten (zu seinem Kummer im Schlafrocke); denn wer konnte es wissen: vielleicht ward Storz alsbald der Machthaber von Sowjet-Deutschland?

Schon glaubte sich das Stadtoberhaupt wieder frei, als der rauhe Nachzügler des Dreißigjährigen Krieges ihn anschnauzte:

Sie, wenn ich wieder Bedarf habe, und das kann passieren, wünsche ich Euer Kupfermännel da drüben auf dem Döppermarkt nicht mehr zu erblicken. Sonst kriegt die Chose einfach tausend Prozent Aufschlag. Für heute seid Ihr in Gnaden entlassen. Brüllt mit mir: Nieder mit allen Königen! Es lebe die Weltrepublik!

Piepmeyer tat alles, was ihm befohlen ward. Mut, wo Mut am Platz ist! sagte er sich. Hier gilts, das Kapitol zu retten.

Sie sind ein brauchbarer Mann! meinte Storz jovial, worauf Fridolin eine ähnlich tiefe Verbeugung ausführte wie damals, ehe er die Virginia aus der königlichen Kiste nehmen durfte. Daran zu denken, fiel ihm unter solchen Umständen natürlich nicht ein. Er begnügte sich, aufzuseufzen, als Storz samt Auto und Genossen, Handgranaten und empfangenem Tribut von dannen sauste.

Drei Stunden später war große Ratssitzung. Die sieben Stadträte und die dreizehn Stadtverordneten schwitzten Blut, weniger wegen Augustus Rex, dessen Volkstümlichkeit arg gelitten hatte, als vielmehr wegen der angedrohten, nicht unmöglichen zweiten und höheren Zwangsanleihe durch die Galgenvögel im Stahlhelm.

Erregt bat der Bürgermeister um Vorschläge zur Rettung des alten Wahrzeichens der Stadt. Man lachte ihn höhnisch aus.

Noch traute er seinen – an die lieben Töne der alten guten Zeit allzusehr gewöhnten – Ohren nicht, da klärten ihn die barbarischen Worte eines der Stadtvertreter auf: Einschmelzen! An den Trödler verkaufen! Fort mit gefährlichen Altertümern!

Du mein Gott, klagte Fridolin stumm, wo ist der Geist vom April 1918 hin?

Man begann zu debattieren. Die Mehrheit war sich rasch einig, daß August der Starke angesichts des noch stärkeren Storz sofort verschwinden müsse. Dreitausend braune Lappen könne die sowieso verarmte Stadt nicht noch aufbringen.

Nur ein einziger zeigte noch einigermaßen Mut: der unbesoldete Stadtrat und Bürstenbinder Leberecht Hahnekamm, der seine tiefe Verwunderung auszusprechen wagte, daß man Gauner wie Storz und Genossen beim Verlassen der Stadt nicht schlankweg durch die eiligst aufgebotene Schützengilde, die doch sonst so kolossalen Schneid zeige, verhaftet und unverzüglich vor dem Ratshause aufgeknüpft habe. Mittelalterliche Missetaten könne man nur durch mittelalterliche Justiz ausroden. Da kam er bei dem Bolschewisten Kotzmeyer schön an. Eigentum sei Diebstahl! schrie er; Storz habe legal gehandelt; und Hahnekamm sei ein blöder Reaktionär!

Der Bürgermeister rief zur Ordnung.

Darauf ging ein Antrag des Sozialisten Friedrich Biermeyer, unterstützt vom Schnapsfabrikanten Karl Riebezahl, einem Kriegsgewinnler, ein, den um seine erschacherten Reichtümer zu bangen begann. Kurz, man beschloß, das alte Denkmal abzutragen, vorläufig im Spritzenhause zu verbergen und baldigst einzuschmelzen. Mit Müh und Not erreichte der Demokrat Rülps den Beschluß, daß aus dem alten Metall ein neues Standbild zu gießen sei. Gritzengrün habe nur dies eine Denkmal gehabt; man müsse Ersatz schaffen. Gut! Aber nun stritt man sich darum, wem die Ehre gebühre, von der Stadt ein Denkmal gesetzt zu bekommen.

Berühmte Söhne hatte Gritzengrün bisher nicht erzeugt. Buchdruckern, Kompaß, Schießpulver und Leberwurst waren ohne Beteiligung von Gritzengrünern der Welt geschenkt. So schlug man, ziemlich kleinlaut, nacheinander vor: Bismarck, Hindenburg, Marx, Bebel. Keiner drang durch. Darauf beriet man sich eine Weile, ob es nicht ratsam sei, sich einfach auf ein Monument für den Räuberhauptmann Storz zu einen.

Jetzt erbat der Schulmeister Eulenspiegel das Wort.

Ehret die Frauen! begann er. Da wir keinen Mann finden, der unser aller Herzen gefällt, so wählen wir just eine Frau und setzen wir ihr das Denkmal, das wir brauchen!

Bravo! meinte der konservative Stadtverordnete Stußmeyer, Notar, Landsturmoberleutnant und Etappenheld, der damit seit dem Umsturz zum ersten Male wieder öffentlich etwas äußerte. Bravo! Lassen wir uns eine Germania gießen!

Dem widersprachen die Sozialisten, und wiederum war es Eulenspiegel, dessen neuer Vorschlag siegte. Man kam auf ein Standbild der Freiheit ab.

Freiheit, die ich meine, brummte der Kantor Schönmeyer vor sich hin.

Der Bürgermeister freute sich insgeheim. Die beste Lösung! dachte er bei sich. Nur keine Parteibonzen! Übrigens, dieser Eulenspiegel ist mir noch nie aufgefallen. Na, wenn es je wieder Orden zu spenden gibt – ich taxiere so um 1932 herum –, werde ich diesen Schlaumeyer auf die erste Vorschlagsliste setzen. Man wird ihn gelegentlich wieder brauchen können.

Meine Herren, fragte jetzt der Oberschuldirektor Prüdmeyer, welches Kostüm soll unsre Freiheit tragen? Hoffentlich hat sie was an.

Bei unsrer durchschnittlich kühlen Temperatur, warf der Notar (der auch die Innere Mission zu vertreten hatte) in sachlichem Tone ein, dürfte eine solide Kleidung unsrer Frau Freiheit zweifellos zu empfehlen sein.

Die von anno 1789! schlug der gelehrte Volksbibliothekar Buchmeyer vor.

Er hatte kein Glück; das Jahr 1848 triumphierte.

Das Schlußwort bekam der Stadtverordnete und Kunstkenner, im Hauptberufe Nachtwächter von Gritzengrün, Siegfried Zippelmeyer, der die wichtige Frage erörterte, welcher Künstler mit der Neuschöpfung zu betrauen sei. Wenn er, der sich schmeichle, in der Plastik der Gegenwart auch im Finstern unfehlbar das Beste zu finden, hierzu ein Wörtchen sagen dürfe, so wolle er gestehen, daß er weit und breit nur ein einziges Bildwerk kenne, von dem jedermann entzückt sei, heute und ganz gewiß auch noch in tausend Jahren, ohne Unterschied von Geschlecht, Stand, Alter und Partei. Das sei der Eselreiter am Rathause zu Dresden. An den Meister dieses Werkes sollten sich die Gritzengrüner wenden. Der und kein Andrer werde der Stadt ein unvergängliches neues Wahrzeichen schaffen.

Also ward beinahe einstimmig beschlossen, den Meister des Eselreiters zu beauftragen, die Freiheit von Gritzengrün als ehrsame Matrone in Erz darzustellen.

Andern Morgens früh fünf Uhr dreißig bestiegen Fridolin Piepmeyer, der Ratsdiener und August der Starke, letzterer in einem Mantel von Sackleinwand, die Bimmelbahn Gritzengrün–Zwickau, um sich von dort weiter zur Landeshauptstadt, ehedem Residenz genannt, befördern zu lassen. Angelangt, setzte man sich zunächst selbdritt in eine Droschke erster Klasse (die Dinger sind inzwischen ausgestorben) und fuhr zum Esel. Piepmeyer war zwar schon mehrere Male in Elbflorenz gewesen, aber, wie er sich zu seiner Schande gestehen mußte, nicht zum Studium von Kunstwerken. Er war sogar schon mehrfach am Eselreiter vorbeigegangen, um hinunter in den Ratskeller zu stiefeln; aber, aber – merkwürdig! sagte er sich – den verrückten Kerl da auf dem Langohr hab ich nie gesehen. ... Spießer sehen ein Denkmal nur, wenn es im Bädeker mindestens einen Stern hat.
Bei zwei Sternen finden sie das Ding großartig, und bei drei Sternen verfehlen sie nicht, es später bei passender und unpassender Gelegenheit in Wort und Rede sattsam zu erwähnen.

Bei einem Schoppen Pfälzer und dem Telephon-Adreßbuch stellte die Vertretung der Stadt Gritzengrün die Werkstatt des Künstlers fest.

Donnerwetter, Herr Bürgermeister, meinte der Ratsdiener, wenn einer so einen Esel auf die Welt bringt, wird er Professor, Geheimrat und Ehrenbürger, mag er wollen oder nicht – und da sagen die Leute, man täte nichts für die Kunst. Nee, nee, wir Sachsen sorgen für unsre genialen Köppe. Daran is nich zu tippen!

Eine Viertelstunde später ward das alte Erzbild in der Vorhalle des Ateliers ausgepackt. Piepmeyer beaufsichtigte es gewissenhaft; da fiel sein Blick auf ein zweites ehernes Standbild, das soeben auch ausgepackt worden war, ein Frauenbild, etwas altmodisch, aber gar nicht übel, wie Fridolin zu meinen sich für berechtigt hielt. Und weiter bemerkte er zur Seite auf einer Bank zwei Wartende, die offenbar zu dem Bronceweibsbilde gehörten. Er sah genauer hin: Der eine von beiden war unbedingt Ratsdiener.

Unwillkürlich stellte er sich nun dem Andern vor, und seine Ahnung hatte ihn nicht betrogen: es war der Bürgermeister von Dippelskirch im Erzgebirge. Bubmeyer hieß er. Und die ausgepackte Statue stellte die alte brave Mutter Anna dar, eine sächsische Kurfürstin, die zwar schon vor dreihundertundunzig Jahren das Zeitliche gesegnet hatte, aber in der Volkslegende vergnügt weiterlebte. Mutter Anna, vielmehr ihr Erzkonterfei, hatte seit etwa 1620 die Ehre genossen, in Dippelskirch auf dem miserabel gepflasterten Marktplatze vor dem alten Ratshause ungestört zu stehen. Weiß der Deibel, wieso sie dorthin gekommen war, wohl weil sie die Spitzenklöppelei eingeführt hatte. Keine Ortschronik gab hierüber klare Auskunft. Es war nunmehr auch belangslos, denn die Bürgerschaft von Dippelskirch hatte, dem Geiste der neuen Zeit entsprechend, mit entschiedener Mehrheit beschlossen, die alte Mutter Anna einschmelzen zu lassen und aus dem alten Metall ein neues Denkmal zu bestellen: einen Iwan Trotzki, den Massenmörder des längst total überflüssigen Mittelstandes.
Und da die Dippelskircher bekanntlich Nimrode vor dem Herrn sind, zum mindesten es zu sein sich einbilden, so hatte der Dippelskircher Eulenspiegel – es gibt in jeder Spießerstadt davon ein Exemplar – es zuwege gebracht, daß die Ratsversammlung ziemlich einstimmig einen

Trotzki in Jagdtracht begehrte. Im Stillen waren starke Bedenken auch in Dippelskirch aufgetaucht, aber schließlich: wem Trotzki nicht behagte, konnte einfach annehmen, Iwan sei dasselbe wie der heilige Hubertus. Phantasie und Religion sind sogar in einer modernen Republik reine Privatsache.

Nachdem er solches vernommen, drückte Fridolin Piepmeyer seinem Amtskollegen Alexander Bubmeyer stumm und bewegt die biedere Rechte. Die Anwesenheit von zwei Amtsdienern und Proletariern gestattete laute Herzensergießungen nicht. Zudem trat der Meister soeben in die Vorhalle.

Alsbald wurden ihm, einem stattlichen und überlegenen Manne, die Wünsche der Bürgerschaften von Gritzengrün und Dippelskirch wortreich vorgetragen. Er warf einen Blick auf August den Starken, einen zweiten Blick auf die Mutter Anna und einen dritten summarischen auf die beiden Stadtoberhäupter.

Meine Herren, die Sache ist grad lächerlich einfach, meinte er sodann.

Piep- und Bubmeyer stutzten. Am Ende lehnt der große Bildhauer gar ab! jammerte der Dippelskircher bei sich; er war ausgesprochener Pessimist. Der Gritzengrüner hingegen war der Zusage des Künstlers optimistisch sicher. Meine Herren, fuhr der sächsische Myron, der an allen Kreaturen im Erdenzirkus seine Freude hat, fort. Meine Herren, der starke August kriegt ein Schild unten dran mit der Aufschrift: Iwan Trotzki, Erfinder des Kollektivmenschen –, und die gute Mutter Anna kriegt ebenfalls ein Schild mit der Aufschrift: Viva la Libertà! Sie wissen, das steht bei Mozart im Don Juan. Hören Sie weiter! Trotzki im bestellten Jagdkostüm (ich werde ihm die Nase ein wenig veröstlichen) bekommt fortan seinen Platz auf dem Markte zu Dippelskirch. Anna als Freiheitsgöttin wandert nach Gritzengrün. Die beiden Schilder liefere ich binnen acht Tagen. Mein bester Schüler soll sie machen. Ich bitte, was sagen Sie zu meinem Vorschlage?
Hochverehrter Herr Meister, stammelte Fridolin Piepmeyer, diese Lösung des Problems ist glänzend. Wenn mein lieber Kollege der gleichen Meinung ist. ...

Jawohl, wahrhaft glänzend! unterbrach ihn der Dippelskircher. Und als Pessimist fügte er rasch hinzu: Verabreden wir die Verwandlung und den dazu nötigen Tausch unsrer alten Denkmäler zunächst auf sieben Jahre.

Nu freilich, bestätigte der Gritzengrüner. Weeß mer denn, was 1929 los sein wird?

Dankerfüllt verabschiedeten sich die Stadtväter vom Meister.

Und als sie beide im Ratskeller weidlich zechten, da sagte der Dippelskircher zum Gritzengrüner: Wissen Sie, Herr Kollege, solange ich meinen Esel noch so halbwegs zu reiten verstehe, mache ich noch mit. Aber keinen Tag länger!

Es blieb bei der Verabredung. Die verwandelten Denkmäler wurden am April 1922 feierlich enthüllt; die Feier verzögerte sich, weil die hochwohllöbliche Entente-Kommission ihren Senf dazugab. Also ward in Dippelskirch der Trotzki enthüllt, und am gleichen Tage in Gritzengrün die Freiheit.

Man jubelte in Gritzengrün, man jubelte in Dippelskirch, und wieder einmal war die Republik gerettet.

Am 1. April 1929 sind nun aber die sieben Jahre des Vertrags der beiden Stadtoberhäupter um. Vielfach bereits sind in beiden Bergstädten Stimmen hörbar geworden: Wir hätten unser liebes altes Denkmal behalten sollen; die Vernichtung war übereilt.

Ich glaube: wer anno 1930 zufällig durch Gritzengrün zu wandern das Vergnügen hat, wird Augustus Rex wieder begrüßen dürfen. In Dippelskirch aber wird man einem freudigen Empfange der guten alten Mutter Anna nicht abhold sein.

In Gritzengrün wie in Dippelskirch wird natürlich Eulenspiegel die Festrede halten.

Bd. 90 *Gefährliche Liebschaften*, Pierre-Ambroise-François Choderlos de Laclos, Bd. 91 *Gegen den Strich*, Joris-Karl Huysmany, Bd. 92 *Geschichte des Fräuleins von Sternheim*, Sophie v. La Roche, Bd. 93 *Geschichte vom braven Kasperl und dem Annerl*, Clemens Brentano, Bd. 94 *Geschichten aus dem Wienerwald*, Ödön v. Horváth, Bd. 95 *Glanz und Elend der Kurtisanen*, Honore de Balzac, Bd. 96 *Glück und Unglück der berühmten Moll Flanders*, Daniel Defoe, Bd. 97 *Götz von Berlichingen*, Johann Wolfgang v. Goethe, Bd. 98 *Gullivers Reisen*, Jonathan Swift, Bd. 99 *Heidis Lehr und Wanderjahre*, Johann Spyri, Bd. 100 *Heinrich von Ofterdingen*, Novalis, Bd. 101 *Hiob Roman eines einfachen Mannes*, Joseph Roth, Bd. 102 *Immensee*, Theodor Storm, Bd. 103 *Iphigenie auf Tauris*, Johann Wolfgang v. Goethe, Bd. 104 *Italienische Märchen*, Clemens Brentano, Bd. 105 *Ivannhoe*, Walter Scott, Bd. 106 Jahrmarkt der Eitelkeiten, William Makepaece Thackeray, Bd. 107 *Jane Eyre*, Charlotte Brontë, Bd. 108 *Jugend ohne Gott*, Ödön v. Horvath, Bd. 109 *Jürg Jenatsch*, Conrad Ferdinand Meyer, Bd. 110 *Kabale und Liebe*, Friedrich v. Schiller, Bd. 111 *Kasimir und Karoline*, Ödön v. Horvath, Bd. 112 *Kinder- und Hausmärchen*, Gebrüder Grimm, Bd. 113 *Kleiner Mann, was nun*, Hans Fallada, Bd. 114 *König Alkohol*, Jack London, Bd. 115 *Krambambuli*, Marie Ebner-Eschenbach, Bd. 116 *Lausbubengeschichten*, Ludwig Thoma, Bd. 117 *Lavinia - Pauline - Kora*, George Sand, Bd. 118 *Leben und Lüge*, Detlev von Liliencron, Bd. 119 *Lebensansichten des Katers Murr*, ETA Hoffmann, Bd. 120 *Lenz. Der hessische Landbote*, Georg Büchner, Bd. 121 *Lieutenant Gustl*, Arthur Schnitzler, Bd. 122 *Lord Jim*, Joseph Conrad, Bd. 123 *Luise*, Johann Heinrich Voß, Bd. 124 *Madame Bovary*, Gustave Flaubert, Bd. 125 *Märchen*, Wilhelm Hauff, Bd. 126 *Maria Stuart*, Friedrich v. Schiller, Bd. 127 *Max Havelaar*, Multatuli, Bd. 128 *Meister Floh*, ETA Hoffmann, Bd. 129 *Michael Kohlhaas*, Heinrich v. Kleist, Bd. 130 *Minna von Barnhelm*, Gotthold Ephraim Lessing, Bd. 131 *Moby Dick*, Hermann Melville, Bd. 132 *Nathan, der Weise*, Gotthold Ephraim Lessing, Bd. 133-1 und 133-2 *Nils Holgersson wunderbare Reise*, Selma Lagerlöf, Bd. 134 *Niels Lyne*, Jens Peter Jacobsen, Bd. 135 *Nußknacker und Mausekönig*, ETA Hoffmann, Bd. 136 *Oliver Twist*, Charles Dickens, Bd. 137 *Onkel Toms Hütte*, Herriett Beecher Stowe, Bd. 138 *Peter Schlemihls wundersame Geschichte*, Adalbert v. Chamisso, Bd. 139 *Peterchens Mondfahrt*, Gerdt v. Bassewitz, Bd. 140 *Pinocchio*, Carlo Collodi, Bd. 141 *Reinecke Fuchs*, Johann Wolfgang v. Goethe, Bd. 142 *Rheinmärchen*, Clemens Brentano, Bd. 143 *Rinaldo Rinaldini*, Christian August Vulpius, Bd. 144 *Robinson Crusoe*; Daniel Defoe, Bd. 145 *Romeo und Julia*, William Shakespeare Bd. 146 *Schach von Wuthenow*, Theodor Fontane, Bd. 147 *Schachnovelle*, Stefan Zweig, Bd. 148 *Schatzkästlein des rheinischen Hausfreundes*, Johann Peter Hebel, Bd. 149 *Schelmuffskys Reisebeschreibung*, Christian Reuter, Bd. 150 *Schloss Gripsholm*, Kurt Tucholsky, Bd. 151 *Siebenkäs*, Jean Paul, Bd. 152 *Sternstunden der Menschheit*, Stefan Zweig, Bd. 153 Tao te king, Laotse, Bd. 154 *Till Eulenspiegel*, Hermann Bote, Bd. 155 *Tolldreiste Geschichten*, Honorè de Balzac, Bd. 156 *Tom Jones, Geschichte eines Findelkindes*, Henry Fielding, Bd. 157 *Tom Sawyers Abenteuer und Streiche*, Mark Twain, Bd. 158 *Troquato Tasso*, Johann Wolfgang v. Goethe, Bd. 159 *Traumnovelle*, Arthur Schnitzler, Bd. 160 *Trost der Philosophie*, Boethius, Bd. 161 *Über den Umgang mit Menschen*, Adolph Freiherr v. Knigge, Bd. 162 *Uli der Knecht*, Jeremias Gotthelf, Bd. 163 *Uli der Pächter*, Jeremias Gotthelf, Bd. 164 *Ungeduld des Herzens*, Stefan Zweig, Bd. 165 *Ut oler Welt*, Wilhelm Busch, Bd. 166 *Vater Goriot*, Honorè de Balzac, Bd. 167 *Väter und Söhne*, Ivan Sergejeviç Turgenev, Bd. 168 *Verlorene Illusionen*, Honorè de Balzac, Bd. 169 *Von der Freiheit eines Christenmenschen*, Martin Luther – Bd. 170 *Von der Ursache, dem Prinzip und dem Einen*, Bruno Giordano, Bd. 171 *Vor Sonnenuntergang*, Gerhard Hauptmann, Bd. 172 *Walden oder Leben in den Wäldern*, Henry D. Thoreau, Bd. 173 *Wilhelm Meisters Lehrjahre*, Johann Wolfgang v. Goethe, Bd. 174 *Wilhelm Meisters Wanderjahre*, Johann Wolfgang v. Goethe, Bd. 175 *Wilhelm Tell*, Friedrich v. Schiller